The Biography of a Silver Fox

시튼의
동물
이야기

6

The Biography of a Silver Fox

은여우 이야기

어니스트 톰슨 시튼 지음 | 장석봉 옮김

궁리
KungRee

일러두기

· 이 책은 『The Biography of a Silver-fox』(The Century Co.,1909)를 우리말로 옮긴 것으로,
『회색곰 왑의 삶』(지호, 2003)에 수록되었던 것입니다.

이 이야기를 가장 먼저 들은

내 딸 앤에게

독자들에게

　이 책을 쓰게 된 동기에 대해 궁금해 하는 독자들에게 여기서 나는 내 첫 책인 『커럼포의 왕, 로보』의 서문에 썼던 내용을 반복하게 되겠지만, 좀 더 꼭 집어 이야기하겠다.

　이 책에서 나는 사람들에게 여우가 살아가는 방식에 대해 소개하고자 한다. 그리고 무엇보다도 멋진 여우들이 가진 일부일처제를 널리 알리고 강조하려 한다. 이 책에 실린 이야기들은 비록 여러 지역에서 있었던 단편적인 일들을 토대로 구성해 낸 것이기는 하지만, 그럼에도 내가 중요하게 다룬 것은 삶으로부터 나온 어떤 정신들과 관련이 있다 .

내가 책을 쓰고 있던 무렵 우연히도 찰스 G. D. 로버츠 박사도 여우의 삶을 살피는 글을 쓰고 있었다. 내 글은 같은 주제를 다루고 있기는 하지만 좀 더 구체적인 내용을 담고 있다. 두 사람 모두 서로의 글을 읽은 적은 없다. 하지만 나는 밝힌다. 1905년에 발표된 〈붉은 여우〉에 나오는 도미노의 삶과 관련해 한두 가지 이야기와 〈스프링필드의 여우〉(1898)에 등장하는 특정한 모험 이야기는 로버츠 씨의 이야기에도 나온다. 이것은 우리가 뉴잉글랜드 뉴브런스윅과 그보다 좀 더 서쪽에 사는 여우들의 자취와 모험을 각자 따로 알아 나갔지만 그들 여우들에게 어떤 공통점이 있었다는 것을 뜻한다.

차례

· 독자들에게 ·

7

1 · 어린 시절

II

2 · 두 배의 힘

55

3 · 추격과 승리

IOI

· 시튼의 발자취 ·

I39

1
어린 시절

· 1 ·

행복한 여우굴

골더 방목장 뒤로 해가 떨어지자, 속세에서 가장 사랑스럽고 부드러운 빛이 언덕 위로 드넓게 펼쳐졌고, 갓을 씌운 연회장의 등처럼 그 빛은 서쪽 하늘에서부터 어두운 부분이라고는 찾아볼 수 없는 은은한 빛을 흩뿌리고 있었다. 서쪽에서부터 쇼밴까지 경사져 뻗어 있는 언덕 높은 곳에는 소나무들로 둘러싸인 작은 빈터가 있었다. 그곳에는 '노래 부르는 달'에 피는 수많은 꽃들이 만발해 있었다. 양지도 음지도 아닌 그곳은 즐겁고 편안한 느낌을 주었다. 가장 중요한 것은 그곳에 여우 가족의 집이 있다는 점이다.

굴의 문은 소나무 수풀 가장자리 은밀한 곳에 나 있었지만, 가족들은 지금 훤히 트인 빈터에 나와 뛰놀며 하루 중

The Cloud
Moon

가장 좋은 시간을 만끽하고 있었다.

무리의 중심인 어미 여우는 움직이지 않고 가만히 그곳에 있었다. 하지만 한치의 긴장도 늦추지 않은 채였다. 아직 털북숭이 티를 벗지 못한 새끼들은 세상에서 가장 힘이 센 엄마가 언제나 자신들을 지켜 줄 것이라고 믿으며 마음껏 뛰놀았다. 세상은 온통 사랑으로 가득 차 있었다.

새끼 여우들은 서로를 뒤쫓기도 하고 엉켜서 씨름도 하며 즐거워했다. 녀석들은 파리나 우스꽝스럽게 생긴 벌레들을 쫓기도 하고, 호박벌들을 건드리는 위태로운 모험을 하기도 하고, 엄마 여우의 꼬리 잡기 혹은 이미 오래전에 잡아서 갈기갈기 찢어 먹고 이제는 누더기처럼 되어 버린 입을 델 것도 없는 먹이를 서로 빼앗는 일에 쓸데없이 힘을 쏟기도 했다. 녀석들은 놀이에 푹 빠져 있었다. 내기가 걸린 것도 아닌데 말이다. 남아도는 힘을 소진시킬 거리만 있다면 무엇이든 상관없었다.

그 모든 전쟁 놀이의 전리품이자 공놀이의 공, 깃발 빼앗기의 깃발로 쓰이는 것은 말라비틀어진 오리 날개였다. 처음 10여 차례쯤은 돌아가며 공을 차지할 수 있는 기회가 돌아왔지만, 곧 털빛이 거무스름하고 눈 주위가 까만 새끼 여우 한 마리가 공을 독차지했다. 녀석은 다른 형제들을 무시한 채 자기 혼자 계속해서 공을 굴리며 앞으로 내달렸다. 그러자 나머지 녀석들은 아무리 해도 지기만 하는 놀이에 흥미를

잃고는 더 이상 공을 쫓아가지 않았다. 그제야 오리 날개를 버린 까만 새끼 여우는 어미 여우의 꼬리라는 새로운 목표물을 잡는 데 금방 성공했다. 녀석이 꼬리를 계속 잡아당기자 어미 여우는 갑자기 뛰어올라 녀석을 떼어 놓았다. 그 바람에 녀석의 몸이 뒤집어졌다.

크고 작은 소동이 벌어지던 와중에, 슬그머니 다가오는 또 다른 여우의 모습이 어미 여우의 눈에 띄었다. 어미가 신호를 보내자 새끼들도 흠칫했다. 그러나 낯익은 모습이 보이자 어미는 안심했다. 아빠 여우였던 것이다. 아빠 여우가 먹이를 가지고 온 것이다. 새끼 여우들의 눈과 코가 일제히 아빠 쪽으로 쏠렸다. 아빠 여우가 갓 잡은 사향뒤쥐를 바닥에 떨어뜨리자 어미 여우가 달려가 물어 왔다.

수컷은 새끼들이 굴 밖으로 나올 정도로 자라면 먹이를 절대로 문 앞까지 직접 가져다주지 않는다는 옛말이 있는데, 옛말에는 진리가 담겨 있는 법이다. 어미 여우가 사향뒤쥐를 던져 주자, 새끼들은 작은 사슴에게 덤벼드는 한 무리의 늑대 새끼들처럼 그것을 잡아당기기도 하고 끌어당기기도 하고, 으르렁거리기도 하고 다른 형제들을 향해 눈알을 뒤룩거리기도 하면서 먹이를 한 조각이라도 찢어 먹기 위해 머리를 마구 돌려 댔다.

어미 여우는 사랑스럽고 대견하다는 눈길로 바라보고 있었지만, 먹이를 앞에 두고 행복해 하는 새끼들과 적이 숨어 있을지

엄마의 꼬리를 잡는 데 성공한 까만 새끼 여우

도 모를 근처의 숲을 모두 주시하고 있었다. 총을 든 사람, 사내 아이, 개, 독수리, 올빼미 등에게 새끼 여우는 너무나 좋은 사냥감이기 때문이었다. 어미 여우는 결코 한눈을 팔지 않았다. 게다가 뒤는 남편이 든든하게 받쳐 주고 있었다. 남편은 가정일에서 보조적인 부분만을 맡아 하는데다 젖먹이 새끼들이 눈을 뜰 때까지는 굴에도 들어올 수 없었지만, 그래도 먹이 찾는 일과 보초 서는 일을 게을리하지 않았다.

즐거운 잔치가 절정에 달했을 때, 저 멀리서 "유르-유르-옙" 하는 아빠 여우의 소리가 들려왔다. 위험이 다가오고 있음을 알려 주는 소리였다. 이제는 제법 자란 만큼, 새끼 여우들도 그것이 무슨 뜻인지 정도는 알고 있었다. 그러나 아직 이르다고 생각했는지, 어미 여우는 새끼들에게 그 뜻을 재빨리 말해 주었다. 아빠 여우가 멀리서 짖는 소리가 위험을 알리는 소리라는 것을 전하면서 어미 여우는 새끼들을 거의 굴리다시피 굴로 데리고 돌아왔다. 빛이 잘 들어오지 않아 어둑어둑한 그곳에서 새끼들은 아빠 여우가 잡은 사향뒤쥐를 한 점도 남김없이 먹어 치웠다.

뉴잉글랜드에는 농장 한 곳당 최소한 천 쌍의 여우가 그 주위를 어슬렁거리고 있다. 여우들은 매년 번식을 하므로, 늦봄에서 초여름 동안의 화창한 날에는 적어도 한 번은 이렇게 굴 입구에 나와 있는 여우 가족의 모습을 볼 수 있다. 따라서 이런

일은 적어도 매해 10만 번 이상 우리 코앞에서 이런저런 형태로 반복되고 있다. 이런 가족의 모습을 눈으로 보면 매혹되지 않을 수 없고 그들의 자식 사랑과 교육이 우리 인간과 너무도 닮아 있다는 사실에 감동을 받게 되지만, 아빠 여우와 어미 여우가 어찌나 영리한지 그리고 또 어찌나 조심에 조심을 거듭하며 경계를 늦추지 않는지 이런 가족을 볼 수 있는 행운을 얻는 사람은 10만 명 중 채 한 명도 되지 않는다.

10만 명 중 한 명만이 얻을 수 있는 이런 행운을 얻은 사람이 골더 읍에 사는 애브너 주크스였다. 그는 건초 더미에서 뒹굴다 온 것처럼 풀잎을 더덕더덕 붙이고 다니는 소년이었다. 그는 소떼를 몰아와야 할 시간인데도 까마귀 둥지를 찾아 나무 위에 올라간 참이었다.

그는 단순한 사냥 본능 이상의 감정으로 이 즐거운 장면을 내려다보았다. 자연을 연구하는 학자와 같은 가슴 떨리는 즐거움을 미약하게나마 느꼈다. 특히 그의 눈길을 잡아끈 것은 너구리 모양의 작은 가면인 '도미노'를 쓴 것처럼 눈 주위가 까만 새끼 여우였다. 그는 녀석의 뛰어난 재주에 반해 미소를 지었다. 그는 여우 가족을 해칠 생각도, 그리고 그들의 즐거운 놀이를 방해할 생각도 전혀 없었지만 결국 여우 가족의 행복을 깨고 불행을 가져다주는 불씨가 되고 만다.

농장에서 일하는 많은 소년들처럼, 애브너도 겨울이면 여우 사냥을 했다. 그는 '주에서 가장 훌륭한 개'가 될 것 같은 사냥개의 주인이 바로 자기라는데 자부심을 가지고 있었다. 그 개는 아직 강아지 티를 벗지 못했지만 다리고 길고, 가슴은 떡 벌어진데다 몸매도 날렵했다. 그러나 짖는 소리에는 야릇한 울림과 힘이 실려 있었고, 성격은 음산한 데다 포악해서 나중에 못된 개로 자랄 것 같은 조짐이 보였다. 애브너는 그날 녀석을 가두어 두었는데 어쩐 일인지 녀석이 풀려나서 주인을 찾아 나섰다. 이렇게 주인의 자취를 쫓아가다가 아빠 여우를 깜짝 놀라게 만들었던 것이다.

어미 여우는 어린 새끼 일곱 마리가 모두 굴 안에 안전하게 있는 것을 확인하고 이제 위험을 막으러 달려 나갔다. 어미 여우는 굴 가까이 와 있을 사냥개를 속이기 위해 일부러 발자국을 남겼다. 잠시 후에 개가 요란하게 짖는 소리가 들리자 튼튼한 심장의 박동은 더욱 빨라졌다.

그러나 어미 여우는 자기 자신의 안전 따위에는 관심도 없었다. 어미 여우는 꼴사납게 움직이는 사냥개를 멀리 몰고 갔다. 그리고 왔던 길로 되돌아가는 방법으로 사냥개를 1킬로미터쯤 떨어진 거리까지 쫓아내 어느 정도 안전해지자, 굴로 되돌아왔다. 식구들은 이제 안전했다. 그러나 문에서 엄마를 기다리던 평소와는 달리 굴 맨 안쪽으로 물러나서 코를 바닥에 대고 웅

사냥개 헤클러

크리고 있었다.

　새끼 여우 도미노는 사냥개의 수상쩍고 날카로운 소리가 들려왔을 때 밖을 살피고 있었다. 그 소리는 녀석의 작은 등뼈에서 수부룩한 꼬리의 끝까지 온몸이 오싹해질 정도로 무시무시했다. 그래서 녀석은 굴 안 맨 구석까지 황급히 되돌아갔고, 위험이 완전히 사라지고 난 다음에도 오랫동안 엎드려 있었다.

　과학자들에 따르면 모든 사물에는 고유의 진동수가 있다고 한다. 유리종은 어떤 특정한 음 높이에 반응하면 조각조각 깨지는데, 파이프 오르간 연주자는 악기 소리로 성당에서 가장 훌륭한 창을 깨뜨릴 수 있으며, 또 뿔피리를 아주 능숙하게 불 줄 아는 사람은 주변의 빙산을 산산이 부술 수 있을 정도로 높은 음을 만들어 낼 수 있다고 한다. 아마 까닭 모를 두려움을 일으켜 심장까지 뒤흔들 수 있는 음도 있을 것이다. 눈 주위가 까만 그 새끼 여우는 사냥개의 소리가 자신을 파괴시킬 수도 있고 자신의 몸과 마음을 약하게 할 수도 있다는 것을 느꼈음에 틀림없다. 개의 소리가 바로 그 새끼 여우가 가장 공포를 느끼는 음이었던 것이다. 지금까지의 세계는 사랑의 세계였다. 그러나 그날 그 사건으로 이제 새끼 여우도 공포의 세계를 알게 되었다.

무너진 굴

사냥꾼들 사이에는 여우가 자기 집 가까이에 있는 헛간은 절대로 약탈하지 않는다는 믿음이 널리 퍼져 있다. 여우는 가까운 사람들은 원수로 만들지 않기 때문에 먹이를 구할 때 되도록 멀리 있는 농장으로 간다. 벤튼 노인의 헛간이 계속 습격을 당했는데도 주크스네 헛간이 습격을 피할 수 있었던 것은 아마 이 때문이었을 것이다. 벤튼 노인은 참을성이 별로 없었다. 좋은 암탉들 가운데 4분의 1 정도가 사라지자 그의 작은 농장은 거의 절단난 거나 마찬가지가 되었다. 그는 자식들에게 닭들을 지켜 내지 못하면 사냥총으로 농장의 닭들을 아예 쓸어 버리겠다고 엄포를 놓았다.

그다음 일요일, 시 벤튼과 버드 벤튼은 언덕 꼭대기를 걷다가 주크스네 집 사냥개가 여우를 쫓으며 내는 소리를 들었다. 벤튼 형제와 사냥개는 그다지 친한 사이가 아니었기 때문에 서로의 일에 상관하려 들지 않았다. 계곡 아래쪽을 내려다보자 한창 추격전이 벌어지고 있었다. 그들은 사냥개가 달아나느라 진이 빠진 여우를 쉽게 따라붙는 광경을 보고 흥분했다. 나중에 우체국에 사람들이 모여 잡담을 할 때 주크스 가족이 있다면 뭔가 이야깃거리라 될 것 같았다.

그러나 계속 지켜보고 있자니, 여우는 다시 나타나 눈처럼 하얀 암탉을 물고 계곡을 가로질러 갔다. 벤튼은 최상급 도킹 품종의 닭들이 자랑이었는데 여우가 잡아간 것이 그중 한 마리라는 것은 의심의 여지가 없었다. 닭이 새하얗기 때문에 여우가 관목덤불을 지나 굴까지 가는 모습을 놓치지 않고 볼 수 있었다. 반 시간쯤 후에 그들은 그 눈처럼 하얀 닭의 깃털들이 널려 있는 굴 입구에 서 있었다. 그들은 기다란 막대기로 구멍 속을 쑤셔 보았다. 새끼들은 소스라치게 놀랐지만 다행히도 은신처 안이 구불구불했기 때문에 막대기가 새끼 여우들한테까지는 닿지 않았다. 엄마와 아빠 여우는 새끼들을 구해 낼 방법을 찾아 근처에서 서성거리고 있었지만 도울 길이 없었다. 새끼들이 제일 먼저 떠올린 것은 무한한 힘을 가진 엄마였다. 그러나 이 환상은 곧 깨어졌다. 훌륭한 어미 여우조차도 두려워하는 짐승들이 있었던 것이다.

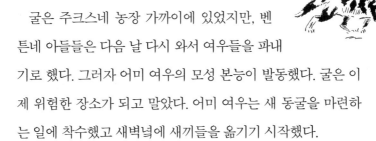

굴은 주크스네 농장 가까이에 있었지만, 벤튼네 아들들은 다음 날 다시 와서 여우들을 파내기로 했다. 그러자 어미 여우의 모성 본능이 발동했다. 굴은 이제 위험한 장소가 되고 말았다. 어미 여우는 새 동굴을 마련하는 일에 착수했고 새벽녘에 새끼들을 옮기기 시작했다.

민간에 전해지는 이야기들 중에는, 주인이 고양이 새끼들 가운데 한 마리만 키우기로 결정할 때 최고의 새끼를 고르는 간단하고 자연스러운 방법이 있다고 한다. 새끼들을 들판에 놔두는 것이다. 그러면 어미 고양이가 새끼들을 보고는 헛간으로 데리고 돌아온다. 그때 어미가 가장 먼저 데리고 오는 놈이 최고의 새끼라는 것이다. 지금 상황이 바로 그랬다. 어미 여우는 굴로 들어가다가 가장 활발한, 즉 가장 튼튼하고 가장 먼저 태어난 새끼와 마주쳤다. 그 까만 새끼였다. 어미는 그 녀석부터 새 집으로 옮기기 시작했다. 어미는 가장 활달한 암컷을 두 번째로, 통통한 녀석을 세 번째로 옮겼다. 그 사이에 아빠 여우는 근처 언덕들을 오가며 감시를 하고 있었다. 날이 밝아 왔다. 엄마 여우가 세 번째 새끼 여우를 피신시키고 달려오고 있을 때 아빠 여우가 경고를 했다.

벤튼네 아들들이 삽을 가지고 와서 여우 가족의 굴을 파헤치고 있었던 것이다. 아마도 한 시간 정도 파면 성공할 것 같아 보였다. 그러나 입구에서 1미터쯤 파 들어가자 판때기처럼 생긴

커다란 바위가 나타나는 바람에 작업에 차질이 생겼다. 그들은 어떻게 해야 할지 의견을 나눴다. 아들들 중 하나가 다이너마이트를 가지러 갔다. 다이너마이트가 뇌관과 함께 바위의 갈라진 틈에 고정되었다. 무서운 충격과 돌풍이 일더니 순간 산허리가 흔들리며 먼지 구름이 피어올랐다. 폭발로 굴이 파헤쳐진 것이 아니라 깨어진 바위들이 굴 속으로 무너져 내린 것이다. 그 안에 있던 새끼들은 돌 무게에 눌려 죽었을 것이 분명했다. 굴은 쑥대밭이 되었고 벤튼 형제들은 돌아가 버렸다.

만약 그날 밤에 그들이 거기 남아 있었다면, 자기 가족의 집이었던 굴을 찾기 위해 발톱으로 흙을 파내고, 부서진 돌조각을 입으로 물어다 내버리고 있는 어미 여우의 모습을 볼 수도 있었을 것이다. 그러나 부질없는 짓이었다. 그 이튿날 밤 그들이 다시 다녀갔다. 세 번째 밤에 어미 여우는 혼자 다시 왔지만, 희망이 없는 일을 포기해 버렸다.

· 3 ·

불행

새 굴은 1킬로미터쯤 떨어진 곳에 있었다. 언덕 꼭대기가 아
니라 강 아래쪽, 널찍한 쇼밴 쪽이었다. 언덕에서 멀리 떨어진
그곳에는 평화로운 목초지가 펼쳐져 있었다. 사시나무 뿌리가
뒤엉켜 있는 바위들과 자작나무들로 사방이 둘러싸인 경사면
위에 있는 개울과 면한 커다란 구멍이 새로 만들어진 굴이었
다. 판때기처럼 생긴 두 개의 화강암은 이 문의 문지기였다. 여
우들은 이 바위가 자신들을 지켜 준다고 믿고 있었다. 예
전의 굴은 소나무 숲에 있는 언덕의 중턱에 있었다. 이번
굴은 작은 사시나무 골짝에 있다. 소나무 잎들이 살랑거
린다. 사시나무는 커다란 소리를 내며 흔들거렸고 강은
찰랑찰랑 노래를 부르며 흘러간다. 공포의 그날 이후 내

내, 소나무가 부르는 노래는 나쁜 기억으로 남아 있다. 심지어 사시나무와 강이 함께 평화의 노래를 부르고 있는 지금까지도 말이다.

굴의 입구에서 시작되는 경사진 곳에는 부드러운 풀밭이 길게 이어져 있었다. 가시나무와 고사리가 우거진 둑을 지나 수풀이 무성한 둔덕을 지나 수초로 이어졌다. 그곳에서 강물은 노래를 부르며 흘러가다 소용돌이가 되었다가 더 빨리 흘렀다. 이 녹색의 경사지가 새끼 여우 세 마리의 훈련장이자 놀이터였다. 그해 여름 아빠 여우가 먹이를 가져다준 횟수는 50번이나 되었다. 바닥은 새끼들이 전쟁놀이를 하듯이 서로 싸우며 남긴 작은 발도장들로 어지러웠다. 새끼 여우들은 무럭무럭 자라고 있었다. 가장 먼저 태어난 녀석의 털빛과 얼굴의 검은 부위는 나날이 짙어져 갔다.

여우 부모들은 지금 새끼들에게 사냥하는 법을 훈련시키고 있었다. 녀석들은 이제 젖을 뗐다. 이제 어른 여우들이 먹는 먹이를 먹었고, 자기들이 먹을 것을 스스로 찾는 방법을 배워 가고 있었다. 새끼들이 몸집도 자라고 힘도 세짐에 따라 아빠 여우와 엄마 여우는 갓 잡은 먹이들을 가지고 와서 문 앞이 아니라 50미터, 100미터, 점점 더 먼 숲 속에 놓아 두었다. 그리고서 어미 여우는 "모두 잘하렴." 하고 격려해 주었다. 새끼들은 '못 찾으면 굶기'라는 매우 심각한 놀이

를 위해 앞으로 달려 나갔다.

가시나무 덤불 근처로 내달아 풀이 우거진 둔덕들을 뒤지며 돌아다니다 구멍이란 구멍은 죄다 눈에 불을 켜고 찾아 냄새를 맡아 보는 녀석들의 모습이란! 갑자기 산들바람에 희미한 냄새가 실려 오자 서로의 몸 위로 엎어지며 즐거워하는 모습은 어땠던가! 산들바람은 이렇게 속삭였다. "이쪽으로 와!" 마침내 녀석들은 아빠 여우와 엄마 여우의 발자국을 쫓아가는 방법을 배웠다. 녀석들은 먹이가 숨겨진 곳으로 전속력으로 달려가는 것이었다!

이제 살아 있는 장난감을 가지고 하는 훈련이 시작된 것이다. 이런 식으로 그들이 진짜 사냥법을 배워 나갔다. 여우 부모들은 사냥감을 풍부하게 제공했고, 그래서 마치 모두에게 똑같은 기회가 있는 것처럼 보였다. 그러나 인생에 똑같은 기회란 없는 법이다. 맏이가 가장 머리도 좋고 힘도 셌기 때문에, 숨겨 놓은 먹이를 가장 잘 찾아내는 것도 녀석이었고 그 덕에 영양 상태도 제일 좋았다. 큰 먹이는 늘 녀석의 차지였다. 녀석은 다른 새끼들보다 더 빨리 자랐다. 다른 형제들과 몸집이나 힘 차이가 날이 갈수록 두드러졌고 자라면서 또 다른 차이점도 생겨났다. 녀석의 흐릿하던 회색 털은 점점 더 거무스레한 색으로 바뀌어 갔다. 형제와 여동생의 털빛이 붉은 기운이 감도는 색을 띠다가 다시 친척들처럼 누르스름해지기 시작했을 때, 녀석

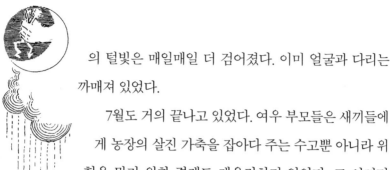

의 털빛은 매일매일 더 검어졌다. 이미 얼굴과 다리는 까매져 있었다.

7월도 거의 끝나고 있었다. 여우 부모들은 새끼들에게 농장의 살진 가축을 잡아다 주는 수고뿐 아니라 위험을 막기 위한 경계도 게을리하지 않았다. 그 시꺼먼 사냥개의 소리가 그들이 사는 골짜기 근처에서 울린 적도 몇 차례 있었지만 검은 새끼 여우는 언제나 기어서 도망치곤 했다. 그리고 그때마다 아빠나 엄마 여우 가운데 하나는 매번 적을 막으러 나가 간단한 속임수로 따돌려 쫓아냈다. 사냥개의 갑작스러운 포효는 여전히 공포를 불러일으켰다. 그들은 뿔뿔이 흩어졌지만, 빨리 달리지 못하던 남동생 여우가 어느 날 잡혀 버렸다. 사냥개는 큰 턱으로 녀석의 늑골을 오독오독 소리를 내며 깨물었다.

불행은 결코 혼자 찾아오는 법이 없다. 다음 날 새벽에 아빠 여우가 오리를 잡아 물고 종종걸음으로 집으로 오고 있을 때 갑자기 개들이 짖는 소리가 요란스럽게 들려왔다. 여우는 그때까지 한 번도 가 본 적이 없는 곳으로 쫓겨 갔다. 높은 울타리가 쳐져 있는 오솔길이 하나 나왔는데, 오리를 입에 물고는 도저히 기어올라 갈 수 없는 길이었다. 여우는 계속해서 갔다. 개들은 바로 뒤에 바싹 쫓아오고 있었다. 아, 어찌한담! 아빠 여우는 헛간 마당으로 돌진했다. 불행히도 그곳은 또 다른 개의 집이었고 아빠 여우는 그곳에서 잡혀 죽고 말았다.

　그러나 여우 가족들은 아빠 여우가 돌아오지 않는다는 것을 알 수 있었을 뿐이다. 사랑하는 아빠 여우의 비극적인 최후를 실제로 목격하는 슬픔만은 피할 수 있었다. 어미 여우와 두 마리 새끼 여우는 사시나무 둔덕 근처의 굴에 남겨졌다. 홀로 남은 어미 여우는 아무런 두려움도 없이 짐을 떠맡았다. 실제로 어미 여우의 임무는 거의 완수되었다. 8월이 오자 새끼 여우들은 어미를 따라서 멀리 사냥을 나가 스스로 먹이를 찾기 시작했다. 9월이 되자 암컷 새끼는 어미 여우만큼 커졌고, 털이 짙은 맏이 도미노는 더 커지고 힘도 더 세졌다. 그리고 털빛도 짙어졌다. 그러자 이상한 감정이 새끼들 사이에서, 그리고 어미 여우와 아들 사이에서 갑자기 생겨났다. 그 크고 멋진 도미노를 꺼려 하기 시작하더니 결국은 피하기까지 했다. 엄마와 딸의 사이는 적어도 한동안은 여전했다. 그러나 미묘한 어떤 본능으로 인해 가족의 유대감은 깨지고 있었다. 크고 검은 도미노, 그리고 어미 여우와 암컷 새끼 여우는 만나면 여전히 친구였지만, 그 세 마리 여우는 가급적이면 서로 만나려 들지 않았다. 그래서 이제 제법 동작도 빨라지고 자기 몸을 스스로 지킬 수 있게 되자, 도미노는 사시나무 골짜기를 떠났다. 즐거웠던 기억, 강이 부르는 노래, 이 모든 것을 뒤로하고 도미노는 홀로 여우의 삶을 찾아 나선 것이다.

· 4 ·

화려한 은빛 털

도미노는 사시나무 그늘 저 너머에 있는 더 크고 더 거친 세계로 들어가고 있었다. 이제 혼자 힘으로 살아가야 할 때가 온 것이다. 지금 도미노는 먹이와 안전을 오직 자신의 힘에만 의지해야 했다. 이런저런 시행착오를 겪으며 도미노는 나날이 빨라지고, 강해지고, 아름다워졌다.

굴에 발길을 끊고 나서 얼마 안 되어 사냥개들의 추적을 받은 도미노는 자신의 발이 얼마나 빠른지를 혹독하게 시험받았다. 도미노는 빠른 발보다는 지혜가 훨씬 낫다는 것을 알게 되었다. 또 위험이 닥쳤을 때 누가 친구인지도 알게 되었다. 여지껏 매일같이 보아 왔던 것들인데도 이제야 친구라는 것을 알게 된 것이다.

개 두 마리가 추적을 해 오자, 도미노는 발에 상처가 나 피를 흘릴 때까지 바위 언덕 주위를 돌며 달렸다. 건조하고 무더운 날이었다. 아주 어렵사리 적을 따돌리고 강에 도착했다. 그곳에서 도미노는 피가 나고 후끈거리는 발을 물에 담글 수 있었다. 얕은 물가를 따라 계속 상류로 올라가며 도미노는 차가운 물의 달콤함을 맛보았다. 이렇게 500미터쯤 갔을 때, 개들이 짖는 소리가 점점 가까이 들려왔다. 자기를 쫓고 있는 개들의 모습도 또렷하게 보였다. 본능적으로 도미노는 수풀이 우거진 곳으로 몸을 피했다. 안전한 장소에서 도미노는 개들이 강가를 달리는 모습을 지켜보았다. 냄새를 놓친 녀석들은 위아래로 서성거렸지만 아무것도 찾지 못하고 풀이 죽어 집으로 돌아갔다.

도미노는 물이 흔적을 없앤다는 것을 분명히 깨닫지는 못했지만 적에게 몰렸을 때 갈 만한 장소가 강이라는 것을 알 수 있었다. 이런 일이 여러 차례 있었기 때문이었다.

또 저 아래 모래에서는 흔적이 오래 남아 있지 않기 때문에 들킬 염려가 없다는 것도 알게 되었다. 겨울이 오자 시냇물이 얼어 햇빛에 반사되었다. 도미노는 얇은 얼음 위로도 쉽게 달릴 수 있었지만 개들은 얼음이 깨져서 물에 빠졌다. 그러나 길도 곧은 절벽에서 도미노가 발견한 최고의 친구는 강이 언덕들과 갈라지는 곳에 있는 작은 골짜기의 벽이었다. 이 통로는 처음에는 넓은데 나중으로 갈수록 좁아져서 도미노는 간신히 지나갈 수 있었지만, 개가 지나가기에는 너무나 작았다. 그곳을 계속 돌아가서, 절벽을 가볍게 오르면 숲이 나온다. 그 숲에 이르는 길은 그 통로 말고는 3킬로미터 안에 다른 길이 없었다.

마침내 도미노는 사냥이 여의치 않을 때는 강을 따라가면 항상 먹을 것을 찾을 수 있다는 것을 배웠다. 물 밖으로 밀려 나온 물고기, 죽은 지 오래된 새 혹은 개구리 한 마리에 불과했지만 그래도 꽤 괜찮은 먹이였고 도미노의 머리도 조금씩 영리해졌다. 어떤 계곡이든 수색하기에 좋은 장소는 강을 따라 있었다. 강은 도미노의 친구였다.

이런 것들이 도미노의 내부에 생긴 변화들이고 삶을 성공으로 이끄는 디딤돌이 되었다.

그리고 외적인 변화도 있었다. 보석으로 장식된 고대 귀족의 코트와 같은 모피를 갖게 된 것이다. 이 때문에 도미노는 탐욕스런 강도들의 눈길을 끌게 되었다. 그의 목숨에 열 배의 가치가 매겨졌다.

으슬으슬 떨리는 가을밤들은 도미노에게 더 짙고 풍성한 털옷을 갖출 것을 요구했고, 무어라 꼬집어 말하기 어려운 또 다른 힘들로 인해 털옷의 색깔은 매일매일 더욱더 짙어지고 진해지더니, 붉은 빛과 회색 빛이 완전히 사라져 버렸다. 이런 변화

를 누가 옆에서 지켜봤다면 아마 이렇게 물었을 것이다. "털빛이 앞으로 더 아름다워질까?" 아마도 이 별종 새끼 여우는 은여우로 미리 운명 지워져 있었을 것이다!

북부 지방의 숲에 관해 해박한 사람들만이 그 이름 속에 깃든 마법을 완전히 알 수 있었다. 그 은여우는 별개의 종은 아니었다. 선택받은 변종이었다. 도미노의 부모는 붉은여우 종에서 가장 평범했을지도 모른다. 그런데 엉뚱한 분위기에 취한 자연이 한 새끼 여우에게 많은 선물을 베푸는 호의를 내린 것이다. 멋진 모피뿐만 아니라 다른 여우들을 능가하는 속도와 지구력과 지혜를 주어서 위태로운 재산을 지키라고 한 것이다.

그런 모든 힘을 다 가져야 하는 것은 도미노가 가장 탐스럽고 섬세한 은빛 털을 가지고 있었기 때문이다. 그것은 금보다도 몇 배나 값어치가 나갔다. 인간이 알고 있는 모피 중에서는 최고의 것이다. 그것은 왕에게 적합한 옷, 로마시대의 황제가 걸치는 옷의 보랏빛처럼 오늘날에는 대황제가 쓰는 왕관과 다름없었다. 이것이야말로 사냥꾼이 받을 수 있는 최고의 상이지만, 녀석의 영리한 머리와 지구력과 팔다리 덕분에 숲에서 이 보석 같은 털을 손에 넣을 수 있는 사냥 기술을 얻는 것은 엄청난 행운에 속했다.

귀족들 사이에도 질적 차이가 있는 법이다. 다이아몬드에도 차이가 있듯이 여우들 사이에도 질적인 차이가 존재해, 사냥꾼

겨울옷을 입고 서 있는 도미노

들은 잡종과 순수한 은회색 여우 사이에 있는 여
우들에 해당하는 말들을 따로따로 가지고 있다.

도미노의 털가죽의 품질은 여름에는 거의 드러나지 않을 수
도 있고, 아직 어릴 때에는 그런 털가죽을 한 은여우였지만 나
중에는 평범한 여우로 바뀔지도 모르는 일이었다. 선택된 여
우의 아름다움이 드러나기 시작한 것은 겨울이 다가오면서부
터였다. 밤에 서리가 내리면서 골더 읍에도 가을이 저물어 가
자, 점점 짙어지는 도미노의 겨울 코트도 매일같이 풍요로워
지고 털 길이도 길어졌다. 탐스런 꼬리 끝이 하얘졌고 눈 주위
의 검정색 가면은 주위의 은빛 털을 강조하는 가면이라도 되는
양 점점 더 까매져 갔다. 머리와 목은 윤기 나는 검정색으로 변
했다. 까만 꼬리는 끝이 하얗게 변해 마치 밤하늘 위로 흩뿌려
진 밝은 별처럼 보였다. 7월의 까만 새끼 여우의 모습만 보았던
사람이라면 11월에는 알아보지 못했을 것이다. 그 여우를 왜냐
하면 그 귀족은 지금 자신에게 걸맞는 호사스러운 옷을 걸치고
있었으므로. 겨울옷을 입고 서 있는 도미노는 장대한 은여우였
던 것이다.

· 5 ·

미녀와 야수

은여우의 집이 골더에 있다는 사실은 금방 퍼졌다. 종족의 순수한 혈통을 이어받아 멋진 모피를 걸친 이 여우는 수 차례 목격되었는데, 주크스네 사냥개인 검둥이 헤클러에게 쫓긴 적도 여러 번 있었다. 적어도 주크스 씨의 말은 그랬다. 하지만 이웃 사람들은 그 말을 비웃었다. 그들은 오히려 사냥개는 그저 여우의 장난에 놀아나는 꼴이라고 했다. 은여우는 자기가 아는 속임수들 가운데 하나를 써서 자신의 의지대로 사냥개를 쫓아냈다.

헤클러는 짖는 소리가 매우 컸다. 밤에는 몇 킬로미터 떨어진 곳에서도 들릴 정도였다. 짖는 것이 얼마나 몸에 배었는지 자기 자신의 흔적을 되짚어 집으로 돌아오면서도 걸음마다 으

르렁거릴 정도였다. 주크스네 아들들은 녀석을 경이로운 사냥
개, 사냥개 중의 사냥개라고 생각했지만 이웃 사람들은 잘하
는 일이라고는 여우 잡는 일 하나뿐인데다 쓸데없이 짖는 소리
만 큰 불쾌하고 야만적인 짐승이라고 헤클러를 폄하했다. 소수
만이 녀석이 한번 들으면 잊기 힘든 특유의 목소리를 가진데다
크고 민첩한 반잡종 사냥개임을 인정했다. 나는 녀석이 헛간에
갇혀 있을 때 짖는 소리를 처음 들었지만, 그 소리가 어찌나 쩌
렁쩌렁하고 기묘하게 찢어지던지 그 후로도 며칠 동안이나 귓
가에서 떠나지 않았다.

　그해 가을, 해가 질 무렵 골더 언덕들 아래를 따라 걷던 중에
나는 멀리서 들리는 금속성 소리에 깜짝 놀랐다. 나는 그것이
무슨 소리인지 금방 알 수 있었고 헤클러가 뭔가의 발자국을
쫓고 있다는 것도 알 수 있었다. 조용히 앉아서 그 소리를 들은
나는 곧 더 많은 것을 알고 있었다. 잎들이 가볍게 흔들리는 소
리가 들리더니 곧이어 뭔가 특이한 짐승이 빠르게 지나가는 모
습이 눈에 들어왔다. 석탄처럼 새까만 여우였다. 가볍게 달리
던 녀석은 한 통나무 위에서 멈추고는 적을 보기 위해 고개를
돌렸다. 녀석은 내가 있는 곳에서 50미터쯤 떨어져 있었지만,
나는 여우의 길을 알고 있었다. 나는 손등을 입에
다 대고 손을 빨아 커다란 소리를 냈다. 여우
는 즉시 몸을 돌려 나를 향해 잽싸게 달려왔

다. 여우는 나와 20미터쯤 되는 곳에서 마치 고양이처럼 머리는 꼿꼿이 세우고, 꼬리는 말아 올리고 발은 든 채로 가장 우아한 자태로 서 있었다. 녀석은 근처에서 쥐나 토끼 소리가 들릴 만한 곳을 찾고 있었던 것 같다. 오! 정말 멋진 털가죽이다! 아직 많이 어리지만, 윤기 나는 검정색 털가죽은 순백색 꼬리 끝, 목의 점, 그리고 이글거리는 노란 눈빛과 대비를 이루었고, 머리와 목 부분만 끝부분이 은색인 털은 마치 후광처럼 보였다. 이보다 더 아름다운 짐승은 본 적이 없다는 생각이 들었다. 그것은 골더의 은여우였다. 나는 조금도 움직이지 않았다. 녀석도 그랬다. 종종 있는 일이기는 하지만 녀석은 자기 앞에 있는 게 인간이라는 것을 알지 못하는 것처럼 보였다. 그러나 자신을 쫓고 있는 개 소리가 가까운 데서 난다는 것은 알고 있었다. 녀석은 몸을 돌려 가볍게 달려 나갔다. 녀석이 위를 돌아보자 나는 곧바로 다시 삑삑 소리를 냈고 그 우아한 짐승이 놀라는 모습을 보는 즐거움을 다시 한 번 맛볼 수 있었다. 그러자 그 은빛 여우는 섬광처럼 사라져 버렸다.

10분 후에 또 다른 짐승이 등장했다. 녀석은 발을 뗄 때마다 큰 소리로 짖으면서, 거치적거리는 덤불은 모두 짓밟아 가면서 쿵쿵대며 걸었다. 튼튼한 턱과 빨간 눈을 가진 녀석은 땅바닥의 발자국 말고는 관심이 없다는 듯이 무뚝뚝하게 이리저리 휘젓고 다녔다. 그 녀석이 바로 악명 높은 사냥개 헤클러였다. 녀석은 마음 내키면 자기 혼자서도 사냥에 나서곤 했다. 지금은 골더 언덕에서 가장 빠른 짐승의 냄새를 찾으려고 하는 중이었다.

그 크고 어슬렁거리는 짐승이 땅바닥의 냄새를 맡으며 여우의 발자국을 쫓아가는 방식에는 신비스러운 어떤 면이 있다. 녀석이 여우가 어느 길로 갔는지를 알아낼 수 있다고 생각을 하면 섬뜩했다. 그렇지만 녀석은 정말로 그랬다. 발자국을 놓치는 일이란 결코 없었다. 나는 사냥개를 향해 삑삑 소리를 냈다. 하지만 차라리 검은 기러기를 향해 그렇게 하는 게 나았을지도 모른다. 녀석은 발자국을 쫓아가다 보면 결국에는 여우를 잡을 수 있다는 생각밖에는 없었다. 어쩌면 내가 악마 같은 녀석의 빨간 눈과 등줄기를 따라 곤두세운 갈기로만 판단한 것일지도 모른다. 나 자신이 여우 사냥꾼이었고, 여우 사냥개를 사랑하는 법도 알고 있었는데도 말이다. 그러나 그날 그 악마같이 무자비하고 지칠 줄 모르는, 그리고 포기하지 않는 사냥개에게 추격을 당하던 그 멋진 짐승의 모습은 맹독성 파충류에게 으깨지고 있으면서도 계속 노래하는 아름다운 새를 보는 것 같은 느낌을 내게 주었다. 거기에 인간과 개 사이의 전통적인 유대감은 없었다. 그때부터 나의 마음은 온통 은여우에게 가 있었다.

42

· 6 ·

겨우살이

겨울이 오자 본격적인 여우 사냥이 이따금씩 벌어졌다. 목장의 청년들도 서너 마리 개들을 데리고 사냥에 나섰다. 그들은 말을 타지도 않았지만 총을 들고 있었다. 녀석의 흔적을 따라 한 무리의 사냥개들을 동반한 진짜 사냥이 벌어지고 있었다. 그러나 도미노는 강 옆 바위로 피난을 가 있었고, 추격당할 때마다 더욱더 영리해지고 더 강해지고 발자국도 잘 숨겼다. 도미노는 자기 통제라는 또 다른 교훈을 배워 가고 있었다. 커다란 사냥개의 목소리에는 지친 기색이 하나도 없었지만 도미노도 그에 대항하는 방법을 스스로 터득해 나가고 있었고, 힘과 함께 용기도 점차로 커지고 있었다.

지금 도미노는 굴에 살면서 혼자 사는 여우의

평범한 삶을 누리고 있다. 여우들은 겨울에 굴을 그다지 이용하지 않는다. 밖에서 자더라도 두터운 털옷과 목도리 구실을 하기에 충분한 꼬리 덕분에 추위를 견딜 수 있었다. 그리고 위험이 다가오더라도 예민한 감각으로 자신을 지킬 수 있다.

도미노는 거의 대부분의 잠을 낮에 햇빛을 받으며 잤다. 이것은 정말로 여우들의 불문율이었다. "밤에는 사냥을 하고 낮에는 잠을 잔다." 해가 지고 어둠이 찾아오기 시작하면, 도미노는 조상들이 그러했던 것처럼 매일같이 먹이를 찾아 나섰다. 그것은 본능이기도 했지만 새끼 시절에 훈련받은 후천적인 것이었다.

야생 동물은 모두 칠흑 같은 암흑 속에서도 볼 수 있으리라고 생각하지만 이것은 틀린 것이다. 그들도 빛을 필요로 한다. 물론 인간보다는 빛을 훨씬 덜 필요로 하기는 하겠지만 여하튼 그들 역시 어느 정도의 빛은 반드시 있어야 한다. 동물은 어둠 속에서 인간보다 잘 볼 수 있다. 그러나 그들 역시 더듬더듬거리기는 마찬가지이다. 그들은 정오의 햇살을 좋아하지 않는다. 그들이 좋아하는 시간은 아침저녁의 부드럽고 어스푸레한 빛이 비치는 시간이다. 그들은 달빛이 환하면 또는 눈 위로 별빛이 비치면 밤새 날이 무척 좋을 것임을 안다. 해가 져서 빛이 적당해지면, 도미노는 먹잇감을 찾아 나서는 매일의 일과를 시작한다.

　도미노는 지금 평상시대로 맞바람을 맞으며 종종걸음으로 가고 있었다. 녀석은 수풀이 우거진 움푹한 곳은 모두 뒤적거렸다. 녀석은 특별히 눈에 띄는 표지나 표석 혹은 울타리 구석에다 나중에 오는 다른 여우들이 볼 수 있도록 영역 표시를 해 나갔다. 개나 늑대처럼 여우도 자신의 영토 안에 있는 가능한 모든 표시 지점들에 기록을 남기는 방식을 가지고 있다. 도미노는 양쪽을 모두 조망할 수 있는 산마루를 따라 올라가, 먹잇감을 찾는 일을 도와주는 산들바람을 시험하면서 잎이나 잔가지가 조금이라도 흔들리면 아무것도 없다는 것을 알게 될 때까지 순간적으로 멈추어 서 있기도 하고 혹은 더 조사해 볼 것이 있다는 생각에 고양이처럼 살그머니 기어가기도 한다. 때때로 도미노는 약간 구부러진 나무에 오르기도 하고, 더 멀리 볼 수 있는 높은 돌담에 앉기도 하는데, 이것들 모두가 실패하면 영양처럼 훌쩍 뛰어올라 주위를 살폈다. 이런 한밤중의 여행들을 하는 중에라도 도미노는 개가 지키는 헛간 마당은 되도록 멀리 피한다. 그런데도 여우들이 야생의 정착지를 벗어나는 것은 주목할 만한 일이다. 왜냐하면 농가에 가면 먹잇감이 풍부해서 여우는 정기적인 약탈을 한두 차례는 하게 마련이기 때문이다.

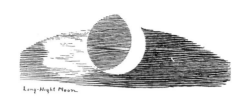

Long-Night Moon.

그래서 개와 마주치지 않고는 통과할 수 없음에도 불구하고 도미노의 사냥길에는 한 농가에서 다른 농가로 가는 길이 포함되어 있었다. 접근하는 방법은 두 가지였다. 하나는 안전한 퇴로가 충분히 확보되어 있는 경우인데 이때는 최대한 소리를 죽이고 갔다. 그리고 다른 하나는 개가 있을지 몰라 두려운 경우이다. 이 경우에는 멀리 떨어져 서서 도전하듯이 짖었다. 만약 개가 뛰어나오면 서둘러 떠났다. 하지만 아무런 반응이 없으면 개가 집안 어디엔가 들어가 있는 것이었다. 그러면 살며시 다가가 열려 있는 우리들을 샅샅이 뒤졌다. 물론 최고의 상은 살진 닭인데, 조용히 목을 물어 잡았다. 그러나 때로는 암탉에게 던져진 빵 조각이나 창고에 놓은 쥐덫에 걸려 죽은 채 팽개쳐져 있는 쥐에 만족해야 할 때도 있음을 잘 알고 있었다. 도미노는 돼지 구유에는 잘 입을 대지 않지만 한두 차례는 돼지가 먹다 남긴 곡식 껍질로 배를 채운 적도 있기는 하다.

매일은 아니지만 도미노는 그래도 거의 매일 밤 먹잇감을 발견했다. 그럼에도, 일주일에 다섯 번만 제대로 먹으면 겨울을 나기에 충분할 만큼 살을 찌울 수 있었다.

· 7 ·

짝을 찾은 도미노

어떤 야생 동물도 결코 정처없이 이곳저곳 떠돌아 다니지는 않는다. 모든 야생 동물들은 자기의 영토, 즉 자신의 것이라고 생각하는 사냥지가 있다. 그들은 자기 영역을 지키기 위해 싸우고 같은 종의 침입자가 있으면 화를 낸다. 많은 관찰의 결과로 우리는 여우의 영토 범위가 하나의 중심점으로부터 반경 4, 5킬로미터쯤인 것을 알고 있다. 물론 그 영역을 한 마리의 여우가 배타적으로 소유하는 것은 아니다. 다른 여우의 영역과 겹칠 수도 있다. 그러나 이런 이웃들과는 이내 알고 지내게 된다. 여우는 이웃 여우들의 겉모습과 발 냄새를 익힌다. 그러고는 서로 눈치채지 않도록 지나다닌다. 그러나 낯선 짐승이 영토에 출현할 때는 상황이 아주 달라진다. 이 경우

에는 가장 기본적인 법칙이 적용된다.

힘이 정의이다.
도망가거나 아니면 싸워라.

멋진 모피 옷을 입고 자신의 힘에 자부심을 느끼고 있던 도미노도 2월의 보름달인 '눈의 달'이 기울어 가자 자신이 아주 외롭다는 사실을 깨닫기 시작했다. 동료가 있었으면 하는 새로운 갈망이 이따금 생길 때, 도미노는 개들이 그다지 위험하지 않거나 자기를 쫓고 싶어하지 않는다는 확신이 들면 헛간 마당 근처의 둔덕에 앉아 개들의 소리를 듣곤 했다. 그렇지 않을 때는 달빛을 받으면서 언덕의 꼭대기에 머물며, 박학다식한 학자들은 '개-여우 울음', 사냥꾼들은 '외로운 울부짖음'이라고 부르는 길고 슬픈 울음을 내지르곤 했다.

얍, 얍, 얍, 얍, 유르르르- 요우—
얍, 얍, 얍, 얍, 유르르르- 요우—

도미노는 '배고픔의 달'이 뜬 어느 날 밤 그런 울음소리를 쏟아냈다. 단지 본능에 따르는 것이 저항하는 것보다 쉬웠기 때문이었는데, 도미노는 예상치 못했던 대답을 듣고 더 고독해졌다.

여우에게 '배고픔의 달'은 인간으로 치면 2월이었다. 겨울은 조금밖에 남지 않았고, 습한 남동풍이 부드럽게 불자, 지금까지 드러나지 않은 채 쌓여 있던 감정에 불이 붙었다. '봄의 영향'이라고 불리는 신비한 그 무엇이 찾아와 도미노의 가슴속에 뭔가 알 수 없는 자극을 주었던 것이다. 그것은 불씨를 화염으로 바꾸어 놓았다.

얍, 얍, 얍, 얍, 유르르르- 요우—
얍, 얍, 얍, 얍, 유르르르- 요우—

도미노는 계속해서 노래를 불렀다. 도미노는 멀리 하얀 들판을 가로질러 사라지는 어떤 그림자를 보았다. 도미노는 귀를 쫑긋 세우고 눈을 크게 뜨고 바라보았다. 또 다른 그림자가 조금 더 가까운 곳에서 빠른 속도로 눈 위를 지나가자 도미노는 추격하기 위해 벌떡 일어났다.

사람들은 주위 사람들의 겉모습이 약간만 달라지면 잘 알아보지 못한다. 여우는 더 좋은 방법을 알고 있다. 여우는 이웃들을 발 냄새나 몸 냄새와 모양으로 기억한다. 여우가 당황할 정도로 모든 것이 한꺼번에 변하는 일은 별로 없다. 심장이 쿵쾅거릴 정도로 얼마 동안 달려간 도미노는 두 번째 그림자가 만든 발자국을 발견했다. 도미노의 신뢰할 만한 코는 "이것은 쇼밴에 사는 여우 블레이저의 발 냄새야."라고 말해 주었다. 블레이저는 오래전에 이곳에 사냥을 하러 온 적이 있던 여우였다. 도미노는 그 냄새를 따라 계속해서 달려갔다. 도미노는 첫 번째 그림자가 만들어 낸 다른 발자국도 발견했다. 순간적으로 전의가 끓어올랐다. 영토를 침범한 낯선 여우의 발자국이었다. 도미노는 빠르게 추격을 했다. 그러나 발자국 냄새를 맡으며 추격을 계속하는 사이에 분노가 마음속에서 사그라들었다. 그리고 또 다른 감정이 생겨났다. 지금까지 느꼈던 외로움 가운데 가장 심한 것이었다. 도미노는 여지껏 가져 보지 못했던 갈망을 느꼈다. 그 수수께끼 같은 훌륭한 안내자인 도미노의 코는 이렇게 속삭이고 있었다.

"서둘러! 네가 그토록 그리워하던 거야. 암여우의 발자국이라고."

도미노는 열심히 쫓아갔지만, 이번에 나타난 것도 이웃 여우 블레이저의 것이었다. 블레이저도 그 발자국을 계속 쫓아가고 있었다. 도미노에게 새로운 느낌이 생겨났다! 짐짓 블레이저의 발자국에는 무관심한 척했지만 지금은 모든 것이 바뀌었다! 도미노의 마음은 적의로 가득 찼다. 꼬리에서 귀 있는 데까지 도미노의 모든 갈기가 곤두섰다.

도미노는 들판을 서너 개쯤 지나서야 여우 두 마리가 있는 곳에 올 수 있었다. 그것은 달리기 시합도 싸움도 아니었다. 그리고 둘 사이가 평화인지 전쟁인지도 분명치 않았다. 처음 보는 여우인, 목둘레가 우아한 하얀 털로 덮여 있는 자그마한 암컷이 조금 앞서서 달리고 있었다. 블레이저가 쫓아가 재빨리 따라잡으면, 암여우는 블레이저를 향해 날카롭게 으르렁거렸다. 그러면 블레이저는 맞받아서 으르렁거리는 일 없이 뒤로 물러섰다. 이와 같은 까닭으로 그 두 여우는 지그재그로 갔고, 다가가던 도미노는 분노와 욕망이 뒤섞인 채로 들끓어올랐다. 도미노는 어찌되었건 자신이 이미 암여우 스노위러프의 주목을 끄는 데 성공했다는 걸 알았다. 그래서 굳이 암여우가 자신의 경쟁자와 자기 중 누구에게 더 으르렁거리며 달려드는지 알아볼 필요성은 느끼지 않았다.

도미노는 맹렬하게 으르렁거리며 블레이저에게로 돌아섰다. 블레이저는 꼬리를 치켜들고, 정신을 바짝 차리고, 무시무시한 이빨을 내보이며 으르렁거렸다. 잠시 동안 그들은 서로를 마주하고 서 있었다. 그 순간 작은 암여우는 도망갈 기회를 잡았다. 경쟁자들은 빠르게 그 뒤를 쫓아갔다. 달리면서 그들은 서로를 위협했다. 그러나 도망가는 암여우를 앞서서 쫓아간 쪽은 도미노였다. 암여우는 멈춰 서서 소리를 내질렀지만 그리 심하지는 않았다. 블레이저는 반대쪽에 있었다. 스노위러프와 도미노 둘 다 블레이저를 위협했다.

경쟁자들은 서로 뒤엉켜 싸웠다. 블레이저가 아래쪽에 깔렸고 이를 맞부딪치는 소리가 났다. 도미노는 블레이저 위에 있었지만 결정타를 날리지는 못했다. 스노위러프가 도망가기 시작했다. 도미노와 블레이저는 다시 암여우를 추격했다. 수컷들은 서로에게 으르렁거리며 암여우의 양쪽에서 달리고 있었다.

그러나 암컷의 마음은 용기와 수려함을 두루 갖춘 수컷을 정녕 거부하지 못하는 것일까? 느린 속도로 들판을 가로질러 가던 암여우는 블레이저로부터 떨어져 도미노 쪽으로 기울었다. 세 마리 여우가 모두 가까워지면서 서로를 마주하게 되었다. 이제는 셋이 아니라 한 쌍과 다른 한 마리의 형국으로 바뀌었다. 그 한 쌍에 속한 도미노는 다리를 높이 들고 섰다. 도미노는 목둘레를 부풀리고 자신의 큰 꼬리를 들어올렸다. 그렇게 일어선 채 도미노는 치열이 완벽한 이를 드러낸 채 묵직하게 으르렁거리며, 용감하게 블레이저 쪽으로 걸어갔다. 한편 스노위러프는 도미노 뒤쪽으로 바짝 붙었다. 블레이저는 상황이 끝났다는 것을 알았다. 블레이저는 돌아서서 시무룩해 하며 사라졌다.

이것은 도미노의 짝짓기이자 결혼식이었다. 사실 인간의 결혼식과 별 차이가 없다. 그리고 이 두 생명체를 하나로 묶어 준 그 신비스러운 안내자는 자기 역할을 제대로 한 것이었다. 각각은 상대가 부족한 것을 가지고 있었다. 우리가 앞으로 보게

될 이들의 힘겨운 날에서 알 수 있듯이 그들은 두 배의 힘과 재
능으로 하나가 되어 갔다.

2
두 배의 힘

· 8 ·

봄

딱따구리들의 나무 쪼는 소리, 그리고 청개구리의 휘파람 소리와 함께 봄의 햇살이 골더의 고지대에 비치자 언덕은 햇빛에 그을리고 강물의 얼음이 녹았다.

겨울 숲에서 바위앵도가 마치 눈 속의 산딸기처럼 삐죽이 모습을 내밀었다. 나뭇가지를 흔들며 바위앵도 덩굴은 이렇게 말하는 것 같았다. "우리가 기다리던 계절이 왔어. 산딸기가 붉어진 걸 보면 알 수 있다고." 자고새와 줄무늬다람쥐 그리고 어린 우드척다람쥐가 '까마귀의 달' 3월의 달빛 속에 모습을 드러냈고, 야생의 연인들은 그 안에서 즐거운 생각을 했다. 자연이란 어머니는 좋은 먹이를 가득 채워 주었다. 새 생명의 탄생을 알리는 숲과 호수에서 짝짓기와 사랑의 계절이 시작된 것이다.

그리고 스노위러프와 도미노의 마음속에도 진실한 사랑이 생겨났다.

아주 오랜 세월 동안 짐승들은 결혼의 이상적인 형식을 찾아왔다. 인간은 그 모든 형식들을 다 시험해 보았고 이제 그 가운데 하나를 선택한 것이다. 요구 사항들을 만족시키는 최고의 방식은 순수한 일부일처제뿐이다. 이것은 모든 고등한 동물들의 결혼 법칙이다. 사랑의 열병은 지나가지만 또 다른 유대감은 남는다. 여우들이 가졌던 사랑의 열병은 '배고픔의 달'이 기울어 가면서 다소 약해지기는 했지만, 언덕 위로 붉은 노을이 지면 언덕의 붉은 빛보다 더 붉은 감정이 일어나곤 했다. 그러나 멋진 순간이 지나자 훨씬 더 영원한 것이 찾아왔다. 인간은 그것을 사랑과 우정이라고 부른다. 붉은 빛이 흔들거리며 때때로 너무도 밝게 타올랐다. 그들의 삶을 색으로 물들이는 것은 바위의 창백한 붉은 색이었다. 도미노와 스노위러프는 단순한 짝이 아니라 생존을 위한 동반자였다. 이것은 고귀한 짐승들의 방법이자 여우들의 방법이었다.

언덕을 덮고 있던 눈이 녹아 작은 개울에 물이 흐르기 시작하자, 여우 부부는 종종걸음으로 먹이를 찾아 나섰다. 아니 더 정확히 말하자면 아마도 스노위러프가 먹이를 찾고 도미노는 그 뒤를 순종적으로 따라다녔을 것이다. 그들은 골더에 있는 언덕의 동쪽 모래 지역을 지나갔다. 거기서 그들은 다른 여우들의 작은 표식들을 발견했다. 여우라면 누구나 알 수 있는 내용이었다. "이곳에 침입하는 자는 싸움을 각오할 것." 지금 그들은 골더의 높은 언덕을 지나쳤는데, 그곳에는 눈이 상당히 깊이 쌓여 있었다. 그리고 그들은 강변으로 되돌아와 마침내는 사시나무 골짜기까지 왔다. 도미노가 어린 시절을 보냈던 바로 그 골짜기였다. 그리고 이곳에서 작은 암컷 여우는 자신의 탐색을 멈췄다. 자신이 찾고 있던 것이 이곳에 확실히 있었던 것이다.

스노위러프는 이리저리 냄새를 맡고 나서 울창한 개암나무 숲으로 들어가 구멍을 파기 시작했다. 아직 눈과 낙엽으로 두껍게 덮여 있었기 때문에 스노위러프는 땅을 팔 수가 없었을 것이다. 그러나 본능 혹은 설명할 수 없는 다른 안내자가 스노위러프를 가능한 단 하나의 장소를 팔 수 있도록 이끌어 주었다. 땅은 서리로 인해 온통 단단해져 있었다. 가까운 언덕 높은 곳에 앉아 도미노는 망을 보았다. 한 시간쯤 후 스노위러프가 나타나자 이번에는 도미노가 대신 땅을 팠다. 그렇게 그들은 번갈아 일했다.

2, 3일 안에 굴에 긴 터널이 생겼고 이어서 방이 만들어지고 또 다른 터널이 이어 붙여졌고, 몇 미터쯤 뒤에 더 작은 방이 주머니처럼 이어졌다. 그리고 나서 터널은 위쪽으로 방향을 틀어 얼어붙은 땅에 다시 닿았다.

스노위러프

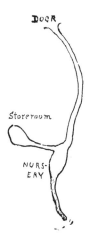

DOOR

Storeroom

NURS-
ERY

그러나 매일같이 암컷 여우는 머리 위쪽의 얼어붙은 흙을 긁어냈다. 땅은 매일 조금씩 녹았고, 마침내 암여우는 터널을 완전히 파고 작년에 난 풀들 아래로 산뜻하고 둥근 출입구를 만들 수 있었다. 그래서 원래의 입구는 닫아 버렸다. 구멍 근처에는 흙이라고는 찾아볼 수 없었다. 3, 4미터 반경에 들어와도 어느 누구도 구멍을 찾아낼 수 없었고, 풀들이 자람에 따라 구멍은 더욱더 찾기 힘들어지게 되었다.

이제 먹이도 충분해서 한밤중에 가까이 왔던 경솔한 우드척 다람쥐는 잡아서 나중을 위해 옆방의 마른 모래 안에 파묻었다.

이제 여우 부부는 굴 가까이서 눈에 띄는 일이 벌어지지 않도록 더욱더 조심했다. 여러 차례 스노위러프는 어떤 발 냄새를 쫓아 작은 개울을 따라 100여 미터쯤 걸어 올라갔다. 농장의 청년이 근처에 여우가 있다는 걸 전혀 모른 채 20미터 이내에서 터벅거리며 지나가는 동안 도미노는 통나무 위에 납작 엎드리거나 풀밭 위에 몸을 쭈그렸던 적도 몇 번 있었다. 은여우는 인간에 대해서 나날이 더 깊은 불신을 가지게 되었다.

그러던 어느 날 다른 만남이 있었다. 인간이 접근하는 것이 보였다. 어린아이였는데 사냥꾼은 아니었고 긴 옷을 입고 있어서 다리는 보이지 않고 발만 보였다. 오! 팔에는 바구니가 들려 있었다. 도미노는 놀라지 않았다. 오히려 편안함을 느꼈다. 도

미노는 이 사람이 노루발풀을 따고 있는 소녀라는 것을 몰랐다. 그래도 도미노는 그녀가 가까이 오는데도 그다지 무섭지가 않았다. 도미노는 가만히 서 있었다. 그러자 뭔가를 알 수 있었다. 어떤 생각으로도 체험으로도 얻을 수 없는 어떤 통찰이 이렇게 말했다. "이 소녀는 위험하지 않은 인간이다. 친절한 사람이야." 새롭고 낯선 감정에 이끌린 도미노는 공개적으로 조용히 소녀 쪽을 향해 걸어갔다. 소녀는 두려워하지 않고 오히려 신기해 하면서 여우를 바라보았다. 소녀의 가슴에는 따뜻한 감정이 조금씩 자라고 있었다. 소녀는 윤기 나는 털을 한번 만져 보고 싶었다. 도미노도 소녀가 자기 털을 만져 보기를 바랐다. 그래서 이 둘은 가까이 다가갔다. 그러나 , 아아! 이 새로운 우정은 제대로 생기기도 전에 깨어지고 말았다.

뒤쪽에 있던 아이의 작은 개가 미치광이처럼 짖으며 맹렬하게 앞으로 달려 나오자, 도미노는 대수롭지 않다는 듯이 사뿐히 달렸다. 소녀는 산딸기를 따 집으로 돌아와 윤기 나는 털을 가진 여우에 관한 이상한 이야기를 했다. 하지만 어린아이와 여우를 이해하는 노인들 말고는 아무도 그런 지루한 이야기를 믿지 않았다.

· 9 ·

탄생

앉은부채와 성탄초는 언제 있었냐는 듯 사라졌다. 노루귀와 나도고사리삼이 무성히 자라고, '까마귀의 달' 3월이 지나고 '풀의 달' 4월이 왔다. 그 영향이 공기, 숲, 땅을 야생 삶의 풍성한 약속으로 가득 채웠다. 생명이 되살아나는 계절이었다. 스노위러프에게 변화가 찾아왔다. 스노위러프는 마치 적이라도 되는 양 도미노를 피했다. 도미노가 굴까지 따라오려고 시도하면, 스노위러프는 가까이 오지 말라고 매몰차게 경고했다. 당황스러운 일이었다.

그러나 큰 검정여우는 암컷이 하는 방식을 있는 그대로 존중해야 한다는 것을 일찌감치 알고 있었다. 비록 가장 동물적인 것일지라도 이것이야말로 기사도 정신의 기초이다. 도미노는

개울물로 목을 축이는 스노위러프

며칠 동안 굴에 가까이 가지 않았고 그 사이에 굉장한 일이 생겼다.

인간의 모성애와 갓 태어난 아기를 사랑하고 먹이를 챙겨 주는 것에 누가 값을 매길 수 있겠는가? 누가 아이를 부드럽게 그리고 현명하게 다루도록 어머니의 손을 이끌겠는가? 누가 어머니에게 아이를 따뜻하게 대하고 위험으로부터 자신의 생명을 걸고 몸바쳐 보호하도록 가르치겠는가? 어머니의 교사는 누구인가? 다른 여성이 아니다. 그렇다고 인간의 정신 같은 것도 아니다. 교육을 받은 적 없는 야생의 어미도 우리 종족의 가장 현명한 사람과 똑같이 행동한다. 그리고 여러분이 이 교사의 이름을 무엇으로 부르던, 바로 그것이 이 작은 어미 여우를 가르쳤다. 어미 여우는 어느 순간 그 어두운 굴 안에 홀로 남았다. 자기 스스로 혼자가 된 것이다. 가장 능숙하고 현명한 존재가 할 수 있는 모든 것을 스스로 해 냈다. 어미 여우는 이 시기에 필요한 어떠한 지식도 배운 적이 없었다.

사람들은 작고 형체도 제대로 갖추어지지 않은 '못생긴' 새끼 여우 다섯 마리가 있었다고 말했지만, 어미 여우에게 그 새끼들은 세상에서 가장 경이롭고 값진 것이었으며, 사랑스럽고 더 이상 바랄 것이 없을 정도로 완전한 존재였다. 새끼들을 보호하고 소중히 다루기 위해 이제 어미 여우의 생활은 완전히 바뀌게 된다.

The
vigorous
Kit

65

새끼들을 자기들끼리 놔둘 때까지는 많은 시간이 걸렸다. 그러고 나서야 어미 여우는 근처에 있는 개울로 가서 차가운 물로 목을 축일 수 있었다. 도미노는 둔덕 위에서 지켜보고 있었다. 스노위러프는 귀를 약간 뒤로 쫑긋해 보았지만 아무 소리도 들리지 않았고 도미노에게는 관심도 두지 않았다. 도미노는 잎사귀들 위에 머리를 평평하게 올려놓고 몸을 구부렸고 스노위러프는 굴로 되돌아왔다. 다음 날에는 배가 고프기는 했지만 사냥 나갈 마음은 아직 들지 않았다. 사냥 같은 것은 왜 해야 할까?

이런 생각은 어미 여우라면 모두가 다 갖게 되는 생각이었다. 어미 여우의 뇌 깊은 곳에는 준비 습성에 뿌리를 둔 본능이 있었다. 스노위러프가 우드척다람쥐를 미리 잡아 두었던 것은 아마도 무의식적인 행동이었을 것이다. 바로 자기가 먹을 먹이였던 것이다.

이틀 후, 다시 먹이 문제에 직면했을 때, 스노위러프는 문으로 가 그곳에서 멀리 떨어져 있지 않은 곳에서 갓 잡은 쥐들을 발견했다. 아마도 도미노가 새끼들을 위해 가져다 놓은 모양이다. 우리는 확신할 수 있다. 비록 어미 여우가 다 먹어 치우긴 하겠지만 영양분은 새끼들에게 갈 것이라는 것을 말이다. 이런 까닭으로 매일 먹이가 문에 놓이거나 풀에 숨겨져 있거나 또는 근처의 나뭇잎 아래에 있었다.

아흐레째가 되어서야 새끼들은 눈을 떴다. 새끼들은 이제 덜 훌쩍거렸다. 어미 여우는 이제 안심하고 굴 밖을 출입했다. 이제 도미노는 스노위러프가 자신을 덜 내쫓는다는 것을 알았다. 며칠이 더 지나면서 도미노는 가족에 합류할 수 있었다.

 이것은 도미노에게는 새로운 경험의 시작이었다. 도미노는 이미 새끼들을 사랑할 준비가 되어 있었고 따뜻한 마음으로 새끼들 곁으로 왔다. 새끼를 금방 잊어버리는 불한당에서 어미 여우만큼이나 충실한 아빠까지, 여우들의 부성애에는 여러 등급이 있는데 도미노는 여우들 중에서도 가장 고귀한 부성애를 가지고 있었다. 여우 새끼들은 그해 여름 아주 정성 어린 보호를 받으며 컸다.

 태어난 지 한 달쯤 되어 새끼들은 처음으로 햇빛을 쬐러 굴 밖으로 나가는 일을 시도했다. 동작은 느렸고 마치 털이 북실북실 난 돼지들 같았다. 녀석들은 빠르지도 아름답지도 않았지만, 도움을 받아야만 하는 아기에서 볼 수 있는 어떤 매력을 가지고 있었다. 그들 가족을 본 사람들이라면 누구나 그 매력을 인정할 수밖에 없었을 것이다. 여우 부모들은 털북숭이 새끼들 곁에 누워서 녀석들을 만지고 껴안고 싶은 욕망을 느꼈을 것이다. 다른 동물들의 부모들이 그러하듯이 말이다. 그러나 새끼들은 지금까지는 한 번도 자신에게 필요한 일들을 해 보지 않았지만 이제는 준비를 해야 할 때가 되었다.

도미노가 어린 시절에 겪었던 굴 입구에서의 광경은 이제 자주 반복되었다. 새끼들은 매일같이 더 힘이 세지고 더욱더 여우다워져 갔고, 여우 부모들의 보살핌은 이제 절정에 달해 있었다.

쇼밴에서 지내는 날들은 행복했다. 친절한 산들바람과 부드러운 하늘이 가져다주는 작은 기쁨들, 생명과 힘이 가져다주는 좀더 큰 기쁨들, 사냥이 매우 성공적으로 끝났을 때 사냥꾼이 가지게 되는 폭풍우 같은 기쁨……. 그러나 매일같이 사냥에 성공하고 즐기기 위해서는 기술이 필요하다. 그리고 마지막 기쁨은 사랑의 기쁨이다. 이것은 도미노와 그 짝의 즐거움이었다.

그러나 우리는 이러한 장면을 볼 기회를 한 번이라도 갖기 위해서 얼마나 높은 곳에 올라가야 하는지 아니면 얼마나 낮게 몸을 구부려야 하는지 결코 알지 못한다. 향연의 즐거움 위로 때때로 죽음의 그림자가 지나가는 것은 하나의 법칙처럼 보인다. 행복은 그저 지나가는 손님일 뿐인 것이다.

· 10 ·

오래된 적

어느 날 도미노가 먹이를 가지고 집으로 돌아오고 있을 때 털이 수부룩한 머리들에 달린 작고 검은 코 다섯 개, 작고 구슬 같은 눈 열 개가 굴 문에서 무리져서 아빠 여우가 가지고 온 먹이를 바라보고 있었다. 그때 가까운 곳에서 사냥개의 날카로운 소리가 들려왔다. 도미노는 그루터기 위로 올라가 그 소리에 귀를 기울였다. 그 유별난 소리는 잊을 수 없는 오랜 적의 목소리였다. 어떤 경우든 굴이 있는 곳 근처로 적이 가까이 오지 못하게 해야 했다. 두려움을 진정시키고 도미노는 사냥개를 대적하러 뛰어나갔다. 한편 어미 여우는 새끼들에게 주의를 단단히 해 두었다.

다른 많은 추격들과 비슷했지만, 이번에는 더 힘이 들었다.

헤클러는 이미 힘을 다 써 버린 상태였고 여우들은 이미 멀리 떨어져서 빠르게 달리고 있었다. 사냥개는 스노위러프의 발자국 앞에서 잠시 동안 멈칫했지만, 도미노는 맹렬하게 짖으면서 자신의 위치를 드러내 그 커다란 사냥개를 유인했다. 양쪽 모두 대단했는데, 추격은 거의 한 시간 동안이나 맹렬하게 이어졌다. 그러고도 아직 힘이 남아 있던 도미노는 전처럼 사냥개를 떼어 놓으려 했지만 이번에는 그렇게 쉽지가 않았다. 헤클러는 이미 도미노를 알고 있었고 이제는 타고난 추격견이 되어 있었던 것이다. 첫 번째와 두 번째 계략은 실패했다. 그다음으로 도미노는 절벽을 따라 나 있는 좁은 바위턱을 기억해 냈다. 쇼밴의 그 언덕들은 상대하기 힘든 적을 따돌리기에 적당한 장소였다.

우연이었을까? 아무튼 추격은 절벽 근처로 이어졌다. 윤기나는 검정 털을 가진 그 은여우는 기슭으로 뛰어오르고 있었고 이제 속도가 떨어지는 것처럼 보였다. 헤클러가 가까이 오고 있었다. 헤클러는 발도 가슴도 아프고 숨도 헉헉거리기는 했지만, 계속 따라붙고 있었다. 그들은 널찍한 길에 도착했다. 마치 함정처럼 보였다. 도미노는 좀더 천천히 갔다. 검은색 사냥개에게 제물의 모습이 보였다. 네 걸음만 뛰면 되는 거리였고 길은 좁아져 있었다. 사냥개는 더 가까이 갔다. 가까워서 이제는 다 잡았다고 생각했다. 한 걸음만 더 내달으면 점점 뒤처지고 있는 여우에게 닿을 것 같았다. 바로 그때 도미노는 가볍게 속력을 올려 폭이 넓은 바위턱 위로 뛰었고, 가슴이 넓은 헤클러는 미처 피하지 못하는 바람에 딱딱한 절벽에 부딪쳐 뒤로 나뒹굴었다. 헤클러는 세게 내동댕이쳐져 온몸에 멍이 들고 피를 흘리며 얼음처럼 차가운 강물로 떨어졌다. 검은 여우는 헤클러가 떨어지는 모습을 바라보고 있었다.

쇼밴에 있는 작은 골짜기는 여름에도 서늘하다. 봄이었으니 그 골짜기가 몹시 차가울 것은 뻔한 일이었다. 세게 내팽개쳐진 사냥개가 얼마나 오싹했는지는 쉽게 알 수 있을 것이다. 치명상을 입은 헤클러는 살아남기 위해 필사적이었다. 녀석은 사나운 물살에 3킬로미터나 쓸려 내려갔고, 물살은 녀석을 들었다 놓았다 하면서 노래를 불렀다. 녀석은 자존심이 상한 채 삐죽삐죽한 바위들 위로 힘겹게 다리를 질질 끌며 올라오고 나서야 겨우 둔덕에서 쉴 수 있었다. 그날 밤 헤클러는 집으로 돌아갈 수 없었다. 그해 봄에도 그리고 여름에도 헤클러는 다시는 사냥에 나설 수가 없었다. 순진하고 털이 수부룩한 머리들에 달린 작고 검은 코 다섯 개, 작고 구슬 같은 눈 열 개는 여전히 매일같이 굴 입구로 나왔다. 녀석들은 아무것도 두려워하지 않았다. 왜냐하면 아빠 여우는 전능했고, 사시나무 골짜기에 있는 그 굴은 평화의 골짝에 있었기 때문에.

DOC   FOX

· 11 ·

사슴

이제 여름은 절정기에 달했고 '장미의 달' 6월도 가장 멋진 자태를 뽐내고 있었다. 여우 새끼들은 놀랍도록 무럭무럭 자랐는데, 그 가운데 둘은 고귀한 혈통을 나타내는 푸른빛 도는 검정색 털을 하고 있었고 장차 힘이 얼마나 세질지를 벌써부터 보여 주었다. 스노위러프와 도미노는 이제 새끼들이 스스로 죽일 수 있는 살아 있는 먹이를 가지고 집으로 오고 있었다.

날마다 뭔가 새로운 모험, 신기한 일이 생거났고 달리는 속도도 빨라졌다. 매번의 사냥이 모두 사냥 기술의 선생이자 시험이었다. 그리고 거의 매일 새끼들이 목숨을 잃을지도 모르는 위험한 일이 생겨났지만, 힘세고 영리하고 날쌘 아빠 여우 도미노가 지켜 주었다. 골더 언덕의 위쪽은 우드척다람쥐와 도미노 모두에게 좋은 장소이다. 어느 날 수풀 사이에서 뭔가가 그들을 향해 다가왔고 갑자기 이상한 냄새가 났다. 풀밭에 커다란 짐승이 몸을 구부린 채 있었다. 몸은 밝은 붉은 색이었고 흰 점이 듬성듬성 나 있었다. "황야에서 만나는 짐승은 누구도 친구가 아니다." 도미노는 본능적으로 동작을 멈추고 이 이상한 짐승을 바라보았다. 만약 놈이 공격을 하면 뛰어 달아날 만반의 준비도 되어 있었다. 빨갛고 점이 드문드문 나 있는 그 짐승은 마치 죽은 것처럼 머리를 아래로 늘어뜨리고 누워 있었다. 크고 둥글고 공포에 젖은 눈으로 도미노를 바라보고 있었다.

쇼밴에서는 사슴을 볼 기회가 거의 없었다. 그래서 도미노 역시 사슴에 대해 아는 것이 전혀 없었다. 한 가지 분명한 것은 몸을 구부리고 있는 이 새끼 사슴이 도미노 자신보다 더 두려움에 떨고 있다는 것이었다. 그러자 공포 때문에 생긴 긴장이 가라앉고 도미노의 머릿속에서 호기심이 솟구치기 시작했다. 도미노는 새끼 사슴 쪽으로 한 걸음 다가갔다. 사슴은 숨을 쉬지도 눈을 깜빡거리지도 않았다. 한 걸음을 더 가까이 갔다. 한 번만 뛰어오르면 닿을 것 같은 거리였다. 그러나 새끼 사슴은 죽은 듯이 누워 있었다. 그러나 수풀을 지나 한 걸음 더 가까이 다가가 한눈에 전체를 볼 수 있는 곳에 서자 새끼 사슴이 구슬픈 소리를 냈다. 메에, 메에, 흐으 흐으……. 녀석은 긴 다리를 움직여 수풀 위

도미노는 새끼 사슴 쪽으로 다가갔다.

로 어설프게 뛰어올랐다. 도미노는 같은 곳으로 높이 뛰어올라 호기심과 즐거움에 가득 차서 조용히 따라가 보았다. 그러자 새끼 사슴은 계속해서 메에 메에 흐으 흐으 하고 구슬픈 소리를 냈다.

그다지 멀지 않은 곳에서 발 구르는 소리가 나면서 어미 사슴이 뛰어왔다. 어미 사슴의 등쪽 털이 곤두서 있었다. 어미 사슴의 눈은 푸른 빛으로 번쩍이고 있었고 도미노는 이것이 위험한 징조임을 금방 알아챘다. 도미노는 뛰어 달아났지만, 어미 사슴은 필요 이상 콧김을 내뿜으며 분노를 표시한 후 날카로운 발굽을 풀밭에 구르며 도미노를 쫓아왔다. 암사슴의 몸집은 도미노의 열 배나 되었고 달리는 속도는 마치 바람 같았다. 암사슴은 도미노를 따라잡은 후 앞발로 강타를 날렸지만 도미노는 간신히 피해 달아났다. 암사슴은 다시 뛰어들었지만 도미노는 이번에도 민첩하게 뛰어올라 피할 수 있었다. 악에 받친 암사슴은 이리저리 도미노를 계속 추격했다. 새끼가 아무 데도 다치지 않고 안전하다는 것에 만족하지 못한 암사슴은 도미노가 자기 새끼를 해치려 했다고 믿고는 도미노를 죽이기로 마음먹었다.

암사슴은 가시나무와 고사리가 무성한 덤불에도 개의치 않았으며 지친 기색이 전혀 없었다. 분노가 힘을 샘솟게 하는 듯했다. 여우를 방해하는 가시나

The
Unpleasant Female

무도 사슴의 육중한 몸에는 하찮은 것이었다. 그렇지 않았다면 도미노는 그 추격전을 즐겼을지도 모른다. 그들은 30분쯤 계속해서 달렸다. 도미노는 그동안 수백 번의 공격을 무사히 넘겼지만 이번만큼은 적의 발길질만으로 숨이 끊어질 수 있었으므로 즉시 더 안전한 곳으로 피신해야 했다. 가시나무숲의 가장자리까지 밀린 도미노는 탁 트인 곳으로 달려 나갔다. 도미노는 사력을 다해 달려야만 했다. 암사슴은 점점 더 가까이 쫓아왔다. 도미노는 가까스로 울창한 숲에 도착해 암사슴의 앞발을 간신히 피할 수 있었다.

암사슴은 애꿎은 나무만 걷어찼을 뿐이다. 그리고 그 나무줄기들 사이에서 도미노는 그 기분 나쁜 암컷의 바보스런 새끼 사슴을 조롱할 수 있었다.

도미노는 낯선 짐승은 모두 적이라는 교훈을 얻었다.

· 12 ·

매혹적인 암여우

어떤 사람들은 털가죽을 얻기 위해, 또 어떤 사람들은 해로운 짐승들을 죽이기 위해 덫을 놓는다. 그리고 어떤 사람들은 그 차이를 알지 못한다. 그러나 게으름 혹은 무지 때문에 매번 자기 식의 덫을 고집하는 사람들이 있다. 벤튼네 아들들이 그랬다. 그들은 덫을 놓는 방식에 대해 거의 아는 바가 없었기 때문에 늘 덫의 발판에 미끼를 묶어 놓는 실수를 했다. 게다가 다른 결정적인 실수도 있었는데, 이런 식으로 덫을 놓아서는 어떤 여우도 잡을 수 없는 법이다. 오히려 특유의 감각으로 덫을 미리 감지해 낸 여우들에게 조롱당할 뿐이었다. 벤튼네 아들들이 놓은 덫의 주위에는 어떤 여우든지 다 알아챌 수 있는 세 가지 경고가 함께 있었다. 쇠붙이에서 나는 냄새, 사람의 손 냄새,

그리고 사람의 발자국 냄새가 그것이었다. 마지막 것이야 곧 사라졌겠지만, 그들은 끊임없이 시행착오를 거듭했다. 쇠붙이 냄새는 계속해서 남았고 비라도 맞으면 더 심해졌다. 자기 영역 안에 묻혀 있는 덫을 모조리 찾아낸 도미노는 덫이 묻힌 곳을 언제든 안전하게 지나다닐 수 있었다. 덫이 묻힌 곳을 벤튼네 아들들보다 더 정확히 알 정도였다. 도미노는 자기가 다니는 길 근처 묻힌 덫들을 발견하면 안전한 거리에서 바라보면서 뭐라고 말을 했는데 인간의 말로 치자면 그것은 바보 같은 녀석들이 어리석은 헛수고를 했다는 투의 경멸과 비웃음이 담긴 말일 것이다. 심지어는 우드척다람쥐나 얼간이 토끼들조차 벤튼의 덫들을 비웃어 주고 싶은 마음이 들 정도였다. 그렇다. 도미노는 덫을 경멸했지만, 길을 가다 덫을 만나면 늘 옆으로 가서 보고 돌이나 나뭇가지 같은 것으로 자신이 왔다 갔다는 표시를 남겼다.

반복된 시행착오 끝에 버드 벤튼은 덫을 효과적으로 놓는 방법을 알아냈다. 북부 출신의 한 나무꾼 노인이 그에게 비버 향, 아니스 씨, 로듐, 벌레기름, 그리고 다른 효과적인 것들을 주었고, 수수께끼 같은 주문과 한밤의 의식을 통해 덫의 효과를 강화시켜 주었다. 이 매력적인 물약은 단 몇 방울만으로도 인근의 모든 여우들을 끌어모아 녀석들이 어떤 덫도 제대로 인식하지 못하도록 만들 수 있을 정도로 강력하다고 했다.

그래서 버드 벤튼은 그 물약 병을 가지고 다니면서 자기가 설치한 모든 덫에다 뿌렸다. 냄새는 인간에게는 희미하고 별다른 해를 주지도 않았지만, 여우에게는 엄청난 충격으로 다가간다. 왜냐하면 인간에게 메스꺼운 냄새가 여우에게 장미향이나 아랍의 미풍처럼 느껴지지 말라는 법은 없기 때문이다. 그 약물이 버드 벤튼의 옷에 잘못 떨어지는 바람에 냄새가 배였는데, 그 냄새는 집 밖에서는 말들의 코를 킁킁거리게 만들었고, 집 안에서는 냄새가 나니 식탁 맨 끝에 앉으라는 말을 듣게 만들었다. 그러나 예민한 감각을 가진 도미노에게는 마치 커다란 불에서 나오는 연기를 보는 것만큼이나 그 냄새가 확연하게 다가왔다. 그것은 나팔 소리나 폭포 소리만큼이나 확실한 것이었다. 그 냄새는 온 세상을 뒤덮었지만 도미노에게는 아무런 구역질을 일으키지 않았다. 그것은 도미노의 기분을 좋게 만들었다. 마치 어둠 속에서 길을 잃은 나그네를 빛이 끌어들이듯이, 또는 요정의 노래가 숲의 몽상가들을 유인하듯이 그 냄새는 도미노를 끌어들였다. 밤사냥을 준비하고 있던 도미노는 코로 바람에 실려 온 냄새를 분석하고는 그쪽으로 달려갔다.

1킬로미터쯤 달려가자 도미노가 오래전부터 알고 있었던 장소가 나왔다. 사람의 발자국과 손 냄새, 그리고 쇠붙이에서 나는 냄새가 풍겼고, 그리고 그와 동시에 덫에 묶인 멍청한 닭의 냄새도 희미하게나마 났다. 그런 냄새를 경멸했던 기억이 났다. 그러나 이번에는 완전히 달랐다. 저물어 가는 태양빛이 진흙 둔덕을 눈부시게 물들이거나, 아니면 구름이 떠 있는 흐린 하늘 아래 있는 산들을 넋을 잃을 정도로 멋진 보랏빛과 황금빛으로 바꾸어 놓을 수 있듯이, 점점 더 짙어져 가는 이 냄새, 이 마법 같은 냄새는 콧구멍을 통해 도미노의 영혼으로 들어가 조타실에 앉아 조심스럽게 타륜을 잡았다. 도미노는 코를 벌렁거리면서 바람을 따라 천천히 다가갔다. 그것은 마치 에테르처럼 도미노의 감각을 유인하고 핏줄을 얼얼하게 만들었다. 오, 얼마나 짜릿한 기분인가! 그것은 마치, 힘껏 달린 뒤의 휴식, 추운 날의 따뜻한 햇살, 섹스, 배고픈 위를 채워 주는 신선하고 뜨거운 피, 그리고 일찍이 알지 못했던 많은 것들을 떠올리게 했다. 그것은 아편을 피운 사람이 처음 느끼는 기분, 또는 독한 술을 마신 사람이 자기 자신을 정복한 듯한 기분에 취하는 것과 같았다. 도미노는 콧구멍을 벌렁거리고, 가슴을 두근거리며 거칠게 숨을 내몰아 쉬며 반쯤 눈을 감고 매혹적인 멋진 냄새를 풍기는 곳으로 살금살금 접근했다. 이제 도미노는 숨겨진 덫 위에 있었다. 도미노는 그것을 알고 있었다. 아니 전에도 알고 있었다. 그러나 감정적인 흥분 상태에 놓인 몸의 기묘한 움직임은 자제력이 사라졌음을 보여 주고 있었다. 도미노는 더 가까이 가서 그것을 가지기를, 그 존재를 소유하기를 간절히 원했다. 도미노는 그 안으로 들어가기를 바랐고, 이상하고 육감적인 몸짓을 하면서 머리를 옆으로 돌려 더러운 땅에 아름다운 목을 뉘었다. 그리고 자신의 고귀한 겉옷이 썩은 더러운 먼지에 굴복하도록 뒹굴고 있었다. 도미노에게 그것은 더할 나위 없이 아름다운 꿈이었다. 하지만 꿈 속으로 빠져들고 있을 때 "찰칵!" 소리가 들렸다. 쇠 이빨이 가차없이 도미노의 등을 물었다. 은빛이 도는 검정색 털이 드문드문 나 있는 부분이었다. 도미노는 정신을 차렸다. 황홀한 꿈도 끝이 났다. 쫓기는 짐승의 본능이 다시 온전히 되살아났다. 도미노는 벌떡 일어났다. 유연한 척추를 쫙 펴자, 강하게 물려 있던 쇠 이빨이 힘을 잃었다. 이 큰 몸집을 물기에는 덫이 작았다. 도미노는 자유의 몸이 되었다. 이제 안전하게 달아나야 했다. 도미노는 콧구멍에 남아 있는 냄새들을 날려 보내면서 바람이 불어오는 쪽을 지나 저녁 사냥을 나갔다.

정신력이 약한 여우들은 다시 이 사악한 마법에 홀릴 것이고, 그러면 이 죽음의 유혹에 굴복하고 말 것이다. 그러나 도미노는 유혹에 숨어 있는 공포를 알아차렸다.

매력적인 냄새가 나는 많은 마법들 중에는 쇠붙이 냄새가 나는 치명적인 것이 숨어 있다.

· 13 ·

덫 속의 먹이

벤튼의 닭들은 계속 사라졌다. 아들들은 그것을 막지 못했고, 결국 노인은 불같이 화를 냈다. 그는 온갖 경멸적인 말을 퍼부었다. "내가 젊었을 땐 말이야." 같은 말을 하기도 하고 더 나아가 덫을 놓는 방법에 대해 일장 연설을 하면서 자신의 젊었을 적 기억을 풀어 놓았다. 덫은 농가의 마당 주위에 놓아서는 안 된다. 그러면 암탉이 죽기도 하고, 개, 고양이, 돼지 등이 피해를 입기도 한다. 덫을 놓는 사람은 자신의 기술을 저 먼 숲에서 발휘해야 하는 법이다. 그것은 벤튼네 아들들도 하고 싶어 했던 것이다. 노인은 자기 손으로 직접 하기로 마음먹고 숲을 돌아다녔다. 그는 자신이 알고 있는 방식으로 덫을 완전히 바꾸어 설치했다. 그렇게 하면 도미노를 농장에 얼씬도 못하게

할 수 있으리라 생각했다. 첫 번째로, 노인은 모든 덫에 삼나무 연기를 쐬어 쇠붙이 냄새를 하나도 남김없이 제거했다. 그다음 그 유혹의 냄새를 제거했다. 그는 말했다. "가끔은 효과가 있을 때도 있지. 하지만 바보 같은 놈이 한 번은 걸릴 수 있을지 몰라도 영리한 놈은 곧 알아내고 말지. 그리고 나면 그런 냄새는 오히려 여우들에게 덫이 있다는 걸 알려 주는 꼴이 되는 거야. 여우를 꾀는 냄새는 단 한 가지뿐이라고. 그건 말이야. 신선한 닭의 피야." 그는 덫들을 이미 알려진 장소에서 꺼내 다른 곳에다 묻어 두었다. 덫의 사방 1.5미터에는 닭고기를 던져 두었고 삼나무 가지를 이용해 흔적을 지운 후 덫을 설치했다.

며칠이 지난 어느 날 밤 도미노가 그 길을 지나갔다. 미끼로 놓은 닭의 냄새에 이끌려 200미터를 온 것이다. 그 장소에 가까이 가자 옛 습성대로 조심하면서 느릿느릿 기어갔다. 모든 감각을 동원해 조심하면서 바람을 거슬러 다가갔다. 닭에서 나는 냄새가 분명했다. 쇠붙이 냄새도 사람 냄새도 나지 않았지만, 연기의 얼얼한 냄새가 났는데, 연기 냄새를 내는 동물은 사람뿐이었다.

닭고기 조각은 다른 사냥꾼이 떨어뜨리고 간 것 같았다. 옆으로 다가간 도미노는 연기 냄새를 맡고 뒤로 물러섰다. 도미노는 망설였지만 그때 바람의 방향이 바뀌었다. 그러자 연기 냄새가 사라지고 맛있는 닭 냄새만 바람에 실려 왔다. 도미노는 세 걸음 더 가까이 갔다. 이제 야생 동물의 수호천사는 불안감에 젖는다. 도미노는 코를 흔들며 냄새를 자세히 맡아 보았다. 인간의 냄새는 하나도 나지 않았다. 도미노가 필요로 했던 먹잇감만 있을 뿐이었다. 밤마다 여러 차례 잡아서 자기 굴로 가지고 왔던 그런 먹이의 냄새가 났다. 그러나 경고를 하고 있는 연기 냄새, 그 쓴 연기 냄새가 다시 희미하게 살아났고 도미노는 경고를 받아들이기로 하고 천천히 돌아왔다. 그리고 조심을 해가며 사뿐사뿐 걸어서 되돌아 나왔다. 바닥이 고르지 않은 땅만을 밟거나 고기 조각 근처를 밟지도 않고 평평하고 안전한 땅만을 밟았을 뿐이다. 그런데 바로 그때 "찰칵" 하는 소리가 났다. 덫에 걸린 것이다. 별로 강하지도 않은 덫에 발이 걸리고 만 것이다. 그렇다, 그는 확실히 붙잡혔다.

뛰어도 보고 잡아당겨도 보았지만 소용이 없었다. 그 증오스러운 것을 이로 물어 보기도 했지만 소용이 없었다. 강철 턱이 도미노의 발을 꽉 물며 살갗을 파고들었다. 온갖 노력을 다해 보았지만 오히려 덫은 더욱더 깊이 박혀만 갔다. 아무런 가망성도 없이 시간만 하염없이 흘러갔고 싸울 힘도 줄어들어 갔다. 도미노는 하루 종일 숨이 넘어갈 듯이 헐떡거리며 고통스럽게 누워 있었다. 약간의 힘이 되살아나자 무기력하게 화를 내 보기도 하고 차갑고 딱딱한 쇠붙이를 물어 보기도 하고 닳

을 수 있는 곳에 있는 나뭇가지들을 이빨로 물어 보기도 했다. 계속해서 발버둥을 쳐 보고 힘껏 잡아당겨 보기도 했다. 살아 있는 짐승이면 아무 거라도 오기를 기대했다. 사실 누군가가 오는 것이 두렵기도 했다. 죽어 버리는 것이 낫겠다는 생각도 들었지만 사실 죽는 것은 두려웠다. 다시 희망을 품어 보기도 했다. 지금 죽음의 어두움이 타오르는 눈빛 위로 다가오고 있다. 오! 야생 동물의 수호천사여, 도와주세요! 왜 이런 고통을 받아야 하나요? 왜 이렇게 죽어야 하나요? 이런 식의 갑작스러운 죽음은 짐승이라면 태어날 때부터 정해져 있는 것이 확실하다. 그 긴 밤은 그렇게 느리게 지나갔다.

이른 새벽이 되자, 발자국 소리가 들렸다. 두려움과 희망이 뒤범벅되어 있는 소리였다. 사람일 수도 있고 자신의 짝일 수도 있다. 자신의 짝이라면 아마도 무엇인가를 해 줄 수 있을 것이다. 스노위러프라면 적어도 자신의 곁에는 있어 줄 수 있을 것이다. 고통스럽게 패배한 여우는 몸을 낮게 웅크리고 있다가 한때는 윤기 났던 자신의 머리를 들어 사람이 오지나 않는지, 자신의 짝이 오지나 않는지를 보았다. 그러나 가까이 다가오고 있는 것은 그 지긋지긋한 암사슴과 새끼였다. 도미노는 죽은 듯이 엎드려 암사슴이 자신을 보지 못하기만을 바랐다. 그러나 암사슴의 눈과 코 역시 예민했다. 암사슴은 콧김을 내뿜으며 주위를 맴돌았다. 암사슴은 온몸의 털을 곤두세우고 있었고,

악마 같은 초록색 눈은 마치 북극광처럼 빛났다. 암사슴이 돌진했다. 도미노는 사슬의 끝부분까지 잽싸게 피했지만, 더 이상은 피할 수 없었다. 암사슴은 그런 사실을 알고 있는 것처럼 보였다. 적의 목숨은 이제 온전히 암사슴의 손에 달려 있었다. 암사슴은 도미노를 박살낼 생각만을 하고 있었다. 눈앞에 보이는 손쉬운 승리 덕분에 약간의 용기를 얻은 암사슴은 위로 뛰어올랐다. 사슴들이 독뱀을 짓밟을 때처럼 도미노 쪽으로 공중으로 높이 뛰어올라 있는 힘껏 내려쳤다. 도미노는 긴장했지만 도망칠 방법이 없었다. 체중과 힘이 실린 뾰족한 발굽으로 암사슴은 여우를 가격했지만 빗나갔다. 우연하게도 그 무시무시한 덫의 용수철을 때린 것이다. 순간 덫의 턱이 쫙 벌어졌고 도미노는 자유로워졌다. 남은 힘을 다해서 도미노는 울타리 쪽으로 달려 나갔다. 암사슴이 따라왔지만 울타리는 뛰어넘기에는 너무 높았다. 도미노는 약해진 데다가 지치기까지 했지만, 용케도 암사슴을 매번 따돌리며 낮은 곳으로 달려갈 수 있었다. 아기 사슴이 엄마에게 돌아오라고 외쳤다. 도미노는 천천히 집으로 돌아왔다.

바보를 가르치려면 많은 꾸지람이 필요한 법이다. 그러나 현명한 자에게는 단 한 번의 가르침만으로도 충분하다. 이 교훈만으로도 도미노에게는 충분했다. 그런 까닭에, 살아가는 동안 도미노는 쇠붙이 냄새뿐만 아니라 사람 냄새도 반드시 피했다. 그리고 낯선 자는 적이라는 것을 알고 있었기 때문에 도미노는 낯선 냄새만으로도 죽음의 공포를 느끼곤 했다.

· 14 ·

여름

그해 초여름, 도미노는 언덕 자락에서 가장 높은 곳에 자리한 농가 근처를 세 다리로 서성거리고 있었다. 그것은 정원과 과수원이 딸린 구식 집이었다. 과수원은 숲까지 이어져 있었고, 보호망이 쳐져 있었지만 그곳에 접근하는 것은 도미노에게는 쉬운 일이었다. 알고 있는 모든 지식을 다 동원해서 이곳 저곳 냄새를 맡으며 기어가다가 울타리에 난 암탉 구멍 하나를 발견했다. 그 구멍으로 감자 덩굴, 까치밥나무 수풀, 산딸기 덩굴이 있는 정원으로 갈 수 있었다. 조심스럽게 전진해 가다가 검고 빛이 나는 아주 작은 것 하나를 보았다. 죽은 듯이 조금도 움직이지 않고 서서 바라보던 도미노는 천천히 다가갔는데 그것은 둥지 위에 앉아 있는 칠면조의 눈이었다.

꼬리 끝의 색은 여우마다 각기 조금씩 다른데 은여우의 경우에는 검정색이다. 지금 꼬리의 털이 조금 곤두섰다. 칠면조가 먹잇감이란 것을 알게 되었을 때 도미노에게 생긴 유일한 변화였다. 그러나 잠시 주저하고 있는 동안, 또 다른 소리가 들려왔다. 머리를 돌리자 바구니를 들고 있는 사람이 보였다. "여우로구나! 못된 짓이라도 할까 봐 걱정하고 있었는데." 소녀가 나무라듯이 말했다.

도미노는 영문을 알 수가 없었지만 위험은 없어 보였다. 도미노는 소녀 쪽으로 몸을 돌려 머리를 조금 갸우뚱한 채 조용히 서 있었다. 소녀는 나지막하고 부드럽게 말을 하며 조용히 다가왔다. 도미노는 조금 뒤로 물러섰다. 소녀는 도미노를 만지고 싶어했지만 지금은 집이 너무 가까웠기 때문에 경계를 풀지 않았다. 소녀는 바구니에서 뭔가를 꺼내 여우에게 던져 주었다. 도미노는 냄새를 맡아 보고는 맛있는 것이라는 것을 알았다. 도미노는 그것을 입으로 물고 조용히 돌아갔다.

그날 밤 소녀는 말했다. "아빠! 만약 숲에서 알을 낳고 있는 칠면조가 있다면 어떻게 해야 다치지 않도록 둥지에서 여우를 쫓아낼 수 있죠?"

"주변에 쇠붙이들을 두어야겠지. 그러면 어떤 여우도 가까이 오지 않는단다."

그래서 소녀는 못 쓰게 된 사슬, 쟁기, 편지 등을 구해서 둥지

주위에 놓아 두었다. 그것들은 우정, 출산, 행운의 상징이었다. 며칠이 지나서 도미노는 칠면조를 잡으러 돌아왔다. 정말, 그 랬다. 도미노는 인간과 관련된 것은 무엇이든지 조심해야 한다 는 것을 알고 있었다. 그것은 상식이었다. 그런데 칠면조 앞에 가자마자 쇠붙이 냄새가 나는 것이 있다는 경고가 코와 눈 모 두로부터 왔다. 도미노는 뒤로 물러났다가 다른 쪽으로 접근했 다. 악마처럼 빛이 나는 것도 있었고 경고하는 소리가 들렸다. "돌아가라." 도미노는 돌아갔다. 소녀가 현명했던 것이다. 다음 날 아버지가 말했다. "애야, 여우 발자국이 오늘 아침에 마 덩굴 사이에 나 있는 걸 보았단다."

도미노는 속아서 칠면조를 그대로 내버려 두었다. 그러나 도 미노는 둥지 속에 있는 또 다른 먹잇감을 발견하고는 단숨에 잡았다. 암탉을 물고 달아나면서 도미노는 그것을 나중에 먹는 게 낫겠다고 생각했다. 그래서 암탉을 숲으로 가지고 와서 나 뭇잎들 사이에 묻어 두고 돌아왔다. 그리고 나서 달걀들을 하 나씩 하나씩 훔쳐 와서 다른 장소에 숨겨 놓고는 자기 몸에서 나는 분비물로 표시를 해 두었다. 그렇게 함으로써 나중에 그 장소를 발견할 수 있을 것이다. 다른 여우가 이것이 도미노 것 이라는 것도 알 수 있을 것이다. 그다음 암탉을 파내 집으로 가 지고 왔다.

달걀은 상하기 쉽지만 쉽게 구할 수 있어서 도미노는 달걀을 되도록 많이 얻고 싶었다. 달걀의 상태가 중요한 것은 아니었다.

달걀만 숨겨 놓은 것이 아니었다. 여우들 가운데는 먹이를 숨기지 않는 놈들도 있지만, 그것은 녀석들이 사냥에 서툴러서 남겨둘 먹이가 없기 때문일 것이다. 진짜 뛰어난 여우는 곧 그 습관에 적응한다. 도미노에게도 그런 습관이 있었다. 한 달쯤 지난 가을 어느 날 향기로운 야생 장미의 열매들이 눈에 띄었다. 그해에는 유독 많았다. 도미노는 한두 개를 씹어서 삼켜 보았지만, 그다지 특별한 맛은 없었다. 그때는 배가 부르고 살도 많이 쪄 있었기 때문이다. 그래도 그 빨간 열매를 향해 뛰어올라가 덥석 물어 따는 것은 재미있었다. 처음에는 단지 물어뜯어 땅에 떨어뜨릴 뿐이었지만 나중에는 한데 모아 쌓아 올리기까지 했다. 그러나 저장 본능이 발동한 도미노는 그 무더기를 나뭇잎 아래 묻었다. 그리고서 근처 그루터기에다 분비물로 표시를 해 두었다. 필요할 때는 언제든지 저장된 과일을 찾을 수 있다. 눈을 파면 말이다.

· 15 ·

새끼 여우들

그해 여름, 다리를 다친 도미노는 제대로 달릴 수가 없게 되었지만 다행히 자신의 적인 사냥개 역시 절룩거리기는 마찬가지였다. 도미노는 자기 새끼들을 위해서만 사냥을 했고 어머니 자연은 친절했다. 사냥이 참 잘되는 해였다. 도미노는 매일같이 사냥한 것을 가지고 집으로 왔다. 새끼들은 개구리를 잡으려고 뛰어다니다 나자빠지기도 했고, 나뭇잎 밑에서 소란을 부리는 살진 들쥐를 잡으려다 모래와 풀잎을 한입 가득 물기도 했다. 한 마리가 운 좋게도 잡는 데 성공하기는 했지만, 다른 짐승을 가지고 훈련을 시키면 새끼들은 완전히 다른 결과를 보였다.

안개 낀 강가에서 서성거리던 도미노는 어떤 짐승 하

새끼들을 위해 잡은 사향뒤쥐

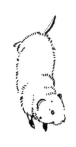

나가 다가오는 것을 보았다. 그 짐승은 처음엔 얕은 물에서, 나중에는 통나무 위에서 대합의 껍질을 능숙하게 열고 속살을 파먹고 있었다. 그 짐승은 커다란 사향뒤쥐였다. 녀석은 튼튼하고 누런 이로 요란한 소리를 내며 대합 껍질의 접합부를 깨물었다. 검은 털의 짐승이 재빠르게 다가와 녀석을 덮쳤다. 도미노가 자신의 목을 물기 전까지만 해도, 녀석은 비밀스러운 사냥꾼에 대해 들어 본 적이 없었다. 몸을 꿈틀거리고 비명을 지르고 이를 갈았지만 아무런 소용이 없었다. 그는 일찍이 달려 본 중에 가장 빠른 속도로 달려 20분 만에 굴에 도착했다.

아빠 여우가 사향뒤쥐를 가져오자 새끼들은 들떠서 깡충깡충 뛰며 서로 뒹굴었다. 아빠 여우는 먹이를 떨어뜨려 주었다. 녀석들은 단숨에 그 위로 뛰어 올라갔지만, 그것은 그래도 아직 살아 있는 사향뒤쥐였다. 사향뒤쥐는 이런저런 방식으로 여우 새끼들을 후려치며 쫓아 버렸다. 새끼들은 마치 곰 주위의 사냥개들처럼 사향뒤쥐 주위에서 팔딱팔딱 뛰었다. 사향뒤쥐는 처음에는 이 녀석에게 다음에는 저 녀석에게 날카로운 이를 드러낸 채 소리를 내며 다가섰다. 그러나 도망을 치지 않는 새끼가 한 마리 있었다. 녀석은 사향뒤쥐가 세 번이나 자기를 덮쳤는데도 물러서지 않았다. 녀석은 사향뒤쥐보다 몸집이 크지 않았다. 아니 다른 형제들보다도 크지 않았다. 그러나 녀석

에게는 담력이 있었다. 녀석은 사향뒤쥐에게 다시 접근했고 다른 형제들은 주위에 서 있었다. 그것이 최후의 결전이 되었다. 본능적으로 녀석은 중요한 급소를 찾았다. 기회가 오자 위치를 바꾼 녀석은 더 가까이 가서 적의 목을 물었다. 녀석은 승리가 완전해질 때까지 목을 계속 물고 늘어졌다. 그리고 나서 가족들은 잔치를 즐겼다.

아빠 여우와 엄마 여우는 지켜보고만 있었다. 간섭하지 않고 지켜만 볼 때의 느낌은 어떤 것이었을까? 그들은 왜 사향뒤쥐를 죽여서 새끼들에게 주지 않은 걸까? 아마도 어른들에게는 쉽지만 아이에게는 어려운 임무를 맡기는 부모의 심정을 헤아려 보면 알 수 있을 것이다.

그 새끼 여우는 형제들 가운데 덩치가 가장 크지는 않았지만 털빛은 가장 진했다. 녀석은 자라면서 꼭 자기 아버지를 닮아 갔는데 녀석의 생애에 관해서는 쇼밴 위쪽 지역의 동물들에 관해서 내가 쓴 이야기들에서 읽을 수 있을 것이다.

'천둥의 달' 7월이 천천히 지나갔고 그에 따라 새끼들도 성장했다. 이제 그들 가운데는 어미만큼이나 커진 녀석도 있었다. 새끼들은 피할 수 없는 이별을 준비하기 시작했다. 처음에는 그 큰 새끼 여우가 그 후에는 여동생들이 각자 혼자 지내는 시간이 많아졌고 며칠 동안 집에 들어오지 않기도 해서 점점 더 서로 낯설어져 갔다. 수확의 계절에 뜨는 8월의 '빨간 달'이 기울어져 가자 그들은 뿔뿔이 흩어져 각각 홀로 살았다. 굴 근처에는 도미노와 스노위러프만이 남게 되었다. 그들은 며칠씩 함께 지내기도 하고 며칠씩 따로 떨어져 있기도 했지만, 여전히 굴로 돌아왔고 기꺼이 서로를 도왔다. 그들에게는 글로 쓰인 법률 따위는 필요하지 않았다. 이들 부부는 한몸이다. 새끼들은 잊었을지도 모른다. 아니 잊어야만 한다. 죽음만이 이들 부부를 갈라놓을 수 있다.

초가을이 되자 도미노의 발도 다 나았고 다시 한 번 골더 언덕의 날쌘 여우라는 명성을 되찾았다. 도미노는 다시금 추적을 당해도 버틸 수 있게 되었다. 필요하다면 사냥을 할 준비가 된 것이다. 그렇다. 도미노는 추적을 갈망하고 있었다. 이제 도미노는 힘을 완전히 회복했고 천부적인 속도도 되살아났다. 그 언덕들에서 도미노만큼 빨리 달릴 수 있는 여우는 단 한 마리도 없었다. 도미노를 두려움에 떨게 할 수 있는 개도 없었다. 도미노의 폐활량은 끝이 없어 보였고 네 다리 역시 지치는 법이 없었다. 도미노는 그 무엇보다도 자신이 바람처럼 빨리 달릴 수 있다는 사실을 만끽했다. 노련한 뱃사공들이 위험한 급류를 사랑하듯이, 빠른 짐승들은 경주를 사랑한다. 도미노가 추격을 사랑하는 법을 배워야만 한다는 것은 얼마나 놀라운 일인가?

그리하여 도미노의 수호천사는 힘과 속도로 도미노를 이끌었다. 힘에는 힘, 속도에는 속도, 목숨에는 목숨으로 겨루어야

할 긴박한 날이 오면, 도미노와 도미노의 원수는 서로 백중지세로 맞서야 하기 때문이다.

3
추격과 승리

· 16 ·

기러기

매년 봄과 가을이면 골더의 언덕들에는 기러기 떼들이 찾아
왔다. 그들은 목이 길었는데 마치 트럼펫 연주자처럼 하늘을
날아다니며 울어 댔다. 기러기들은 오래 머무르지는 않았지만,
그들이 나타나면 늘 포수들이 나왔다. 도미노는 기러기가 좋은
사냥감이라는 것을 본능적으로 알고 있었지만, 어느 날 더 확
실한 증거를 얻었다. 갓 죽은 기러기 한 마리를 발견한 것이다.
총에 맞아 습지에 떨어진 기러기를 포수가 발견하지 못한 것이
었다. 덕분에 도미노와 스노워러프는 그것을 맛있게 먹었다.

기러기는 습지뿐만 아니라 들판에도 많이 있어서 도
미노는 여러 차례 살며시 다가가려고 시도했지만, 그들
의 경계심과 기민함은 도저히 따라갈 길이 없었다. 기러

The Grass
Moon

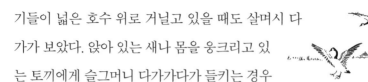

기들이 넓은 호수 위로 거닐고 있을 때도 살며시 다
가가 보았다. 앉아 있는 새나 몸을 웅크리고 있
는 토끼에게 슬그머니 다가가다가 들키는 경우
도 있었다. 그런 일들을 통해 도미노는 새로운 기술, 즉 토끼를
잡는 방법으로 유명한 매복했다 덮치기를 훨씬 더 잘할 수 있
게 되었다. 그리고 그해 가을이 되어 평소처럼 기러기 떼를 상
대로 훈련을 하게 되었고 그것은 특별한 훈련이 되기도 했다.
쇼밴 인근에 그루터기가 많은 들판에서 그 목 긴 짐승들이 먹
이를 구하고 있었다. 그날 도미노와 스노위러프는 함께 있었
다. 그들은 덤불을 지나 강둑을 따라 거의 들판까지 살금살금
다가갔지만, 탁 트인 평평한 곳 사방에 망을 보는 기러기들이
있었고, 항상 적어도 한 마리는 하늘을 날면서 부대원들을 위
한 주 경계병 역할을 하고 있었다.

그다음 이 두 마리 여우는 사냥감을 잡기 위해 수도 없이 시
도를 했지만, 그들이 어떤 대형을 취했는지를 아는 사람은 아
무도 없다.

도미노는 들판으로 뻗어 있는 덤불의 한 지점에서 몸을 숨기
고 있었고, 스노위러프는 꼬리를 흔들면서 땅에 뒹굴기도 하고
공중제비를 돌거나 바닥에 넙죽 엎드리는 등 이상한 행동으로
기러기들의 눈길을 잡아 두었다. 모든 기러기들이 그 이상한
동작들이 도대체 뭘 뜻하는지 궁금해 하며 부리를 그쪽으로 돌

렸다. 그러나 스노위러프는 계속해서 텀블링과 공중제비를 돌았다.

여우가 멀리 떨어져 있었기 때문에 기러기들이 무서워할 이유는 하나도 없었다. 그들은 호기심이 발동했다. 그들은 서서 바라보았고, 스노위러프는 텀블링과 구르기를 하면서 더 가까이 접근했다. 항상 의심이 많은 나이든 수컷이 이것이 사실은 자신들에게 접근하기 위한 계략이라는 것을 눈치챌 때까지 스노위러프는 이 일을 몇 번이고 계속했다. 그 수컷은 아무 경고도 하지 않았다. 아직은 놀랄 만한 일이 없었기 때문이었다. 하지만 녀석은 몇 발자국 뒤로 물러났다. 다른 기러기 가족도 그 수컷과 함께 뒤로 물러났다. 멍청한 여우는 마치 바람에 날리는 건초더미나 생기 있는 잡초 씨앗들처럼 그루터기만 남은 들판에서 뒹굴기를 계속하고 있었다. 그렇다. 그것은 무척이나 재미난 볼거리였다. 목이 긴 수컷은 그것이 속임수라는 것을 깨닫지 못했다. 텀블링을 하는 여우가 교활하게 접근할 때마다 녀석은 계속 뒤로 물러나기만 반복했다. 이 놀이는 꽤 오래 이어졌다. 이제 기러기들은 그루터기만 남은 밭의 가장자리까지 물러났고 이제 막 날아오를 참이었다. 그러나 수풀 쪽으로 불과 몇 발자국 밀려가자 도미노가 뛰쳐나왔다. 도미노는 독수리보다도 더 빨라서 그 기러기는 도망가지 못했다. 도미노는 목이 긴 수컷의 목을 물었다.

사냥꾼은 자신의 승리를 마음껏 즐겼다. 길고 힘든 사냥, 머리 싸움, 고귀한 사냥감, 전투에서 승리한 기쁨, 맛있는 먹이, 가장 기본적인 본능의 달콤함을……. 이것은 여우 부부가 합작으로 이루어낸 최고의 사냥이었다.

이 사냥 이후 그들은 더 자주 함께 전투를 수행했다. 여우의 유대는 수준이 높은데, 그런 여우들 가운데서도 그들의 유대감은 최고였다.

17

기묘한 의식

'미친 달' 11월이 지나고 잎이 떨어지는 달이 왔다. 엉뚱한 행동을 하고 아무런 이유 없이 우울해지는, 아무런 목적도 없이 우는, 그리고 미친 듯이 지나가는 시기이다. '미친 달'의 그 기묘한 충동을 피해 가는 짐승은 별로 없다. 미친 달이 점점 차 오자 도미노는 안절부절못했다. 도미노는 언덕에 올라앉아 콧등을 높이 쳐들고 조금 날카로운 소리로 "얍 얍 얍 유르 유르" 하고 울곤 했다. 스노위러프도 알 수 없는 감정의 고조를 똑같이 느꼈다. 그러나 그런 때에는 서로를 피했다. 달이 4분의 1쯤 찼을 때, 도미노가 울자 멀리서 대답이 들려왔다. 도미노는 스노위러프로부터 살그머니 도망쳐 종종걸음으로 골더 지역에서 가장 높고 민둥민둥한 언덕으로 갔다. 그곳에는

The Mad Moon

기묘한 의식

달이 환히 비치는 공터가 있었지만, 도미노는 응달에 앉아 한동안 달을 바라보았다. 도미노는 은신처에서 다른 짐승의 모습을 보았다. 한 마리 여우가 도미노를 스무 발자국까지 살금살금 다가왔다. 스노위러프였다. 다른 여우들도 조심스럽게 앞으로 다가왔다. 그들은 잠시 동안 조용히 서로를 마주하고 앉아 있었다. 도미노가 낮게 짖으면서 꼬리를 치켜들고 주위를 행진했다. 다른 녀석도 똑같이 했다. 그러자 모두가 감정의 폭발이 다 끝날 때까지 똑같이 주위를 으르렁거리며 달렸다. 그들은 여러 차례 반복했지만, 도미노와 스노위러프는 서로 모르는 것처럼 지나쳤다. 달이 기울자 그런 감정도 사라졌고 모두 각자의 집으로 흩어졌다. 그들은 떨어져 있는 법이 좀처럼 없었다. 그들의 주 관심사는 사랑도 먹이도 전쟁도 아니었다. 그들은 함께 있다는 데 일종의 기쁨을 느끼고 있었다. 우리는 이런 감정들이 고등한 동물들에게서도 일어난다는 것을 알고 있다.

18

양 학살범

도미노와 그 아내는 사냥을 하는 야생 동물치고는 겨울을 별 어려움 없이 날 수 있었다. 오래 숨겨 두어서 맛이 없긴 하지만 그들의 저장 습성 덕분에 과일이나 물고기를 먹으면서 먹이가 부족한 시기를 그런대로 버틸 수 있었기 때문이다. 사랑의 시간이 지나고 봄이 가까워 왔다. 어느 날 언덕을 넘어 집으로 돌아오던 도미노는 충격적인 범죄를 목격했다. 도미노는 매우 영리한 여우가 되어 가고 있었고 영리한 여우라면 그런 일을 놓치고 산등성이를 지나치는 법이 없다. 도미노는 목을 높이 들어 정찰을 하다가 양떼들이 보호용 울타리 안에서 미친 듯이 달려가는 것을 보았다. 양떼들 뒤로 도미노가 가장 싫어하는 크고 검은 사냥개가 보였다. 양 두세 마리가 데굴데굴 굴러 자빠져 죽어 가고 있었다. 그리고 그 야수가 다른 양을 쓰러뜨리는 모습도 보였다. 양의 목을 물어 던진 후 갈기갈기 찢는 것이었다. 뜨거운 피가 흘러나오면 또 다른 양들을 계속해서 물었다. 도미노를 그곳에 묶어 둔 것은 공포가 아니라 호기심과 즐거움이었다. 헤클러가 또 다른 공격을 하는 중에 총소리가 들렸다. 총알은 살인마의 머리 위에 있는 평평한 바위를 맞혔다. 개가 아무런 생각도 할 줄 모르는 짐승이라고 누가 말할 수 있을까? 범죄 현장에서 잡히고도 누가 감히 발뺌할 수 있겠는가? 이 잔인한 겁쟁이는 그것이 무엇을 뜻하는지 알고 있었다. 아무에게도 눈에 띄지 않았다. 헤클러의 주인은 자기 개가 그러한 짓을 했다는 말을 듣지 못했다. 도미노도 들판을 가로질러 도망쳤지만 녀석은 그만 들키고 말았다. 양치기가 와서 양 10여 마리가 죽은 것을 보았다. 그러나 개의 발자국은 없었다. 당황한 양떼들이 발자국들을 밟아 지워 버렸기 때문이었다. 정황 증거는 완벽했다. 양들이 죽어 나간 것이 이번이 처음이 아니다. 여우에게 확실한 보복을 해 주겠다고 맹세한 양치기는 계획을 세우기 시작했다.

그는 먼저 자신과 함께할 사람들을 몇 명 모았지만 3월에는 더 많은 양들이 죽었고 그중에는 어린 새끼 양도 많았다. 학살의 현장에서 커다란 개 발자국을 보았다고 주장하는 사람들도 있었지만 대다수의 사람들은 여우가 한 짓이라고 믿었다. 그들은 그런 나쁜 짓을 할 녀석은 은여우 말고는 없다고 확신하고 사냥을 준비했다.

보호자

쇼밴 위쪽 지역은 아주 떠들썩해졌다. 대규모의 여우사냥단이 조직되었다. 자기의 어린 양들을 잃은 사람들은 모두 사냥에 참여해 여우를 죽이고 싶어했다. 청년들 역시 기꺼이 나섰는데 그것은 최고의 은여우를 잡으러 가는 일이었기 때문이다. "녀석이 나타나면 복수밖에는 할 것이 없습니다." 한 청년이 말했다. "오늘 사냥을 위해 기꺼이 농장 일을 쉬기로 했어요." 또 다른 이가 말했다. "검은 여우의 털가죽은 내게는 새로운 도전거리가 될 겁니다."라고 세 번째 사람이 말했다. 다른 이들도 그렇게 말했다.

주크스 씨의 아들들은 그 자리에 없었다. 그들은 한 마리의 양도 피해를 입지 않았고 게다가 사냥을 계획한 벤튼 가 사람

들에게 감정이 좋지 않았다. 애브너 주크스는 따로 사냥을
나갔다. 물론 헤클러도 따라 나섰다.

　양키 농부의 여우 사냥은 야만적이었다. 사람들은 특
별한 종류의 총을 가지고 갔다. 이런 총을 쓰는 것은 털에
최소한의 손상만 입히고 여우를 죽이기 위해서이다. 약
스무 명의 청년과 서너 마리의 사냥개가 나섰다. 그들은 3월 어
느 날 아침, 그렇게 쇼밴 위쪽 지역으로 사냥을 나섰다.

The
Awakening
Moon

　여우들은 매해 새로운 굴을 마련하지만, 좋은 기억이
있었던 곳이라면 그냥 예전의 굴로 되돌아가는 경우
도 종종 있다. 극도로 조심한 덕분에 눈에 띄지 않았지
만 그래도 사시나무 골짜기에는 적이 있었다. 그래서 3
월이 되자 스노위러프와 도미노는 옛 굴을 떠나 새로운
굴을 찾아 나섰다.

　그들은 적의 눈에 띄지 않도록 조심스럽게 집을 드나들었
고 멀리 떨어진 곳에서만 사냥을 했다. 스노위러프가 강 상류
의 골짜기에서 서성거리고 있을 때 사냥개들이 스노위러프의
발자국을 찾았다. 사냥개들은 커다란 소리를 내며 암여우의 뒤
를 쫓았다. 농장의 청년들은 의견이 분분해 쫓아가지는 않았
다. 그들의 계획은 사냥개들이 짖는 소리를 따라 작전 지역, 즉
좁은 길목으로 여우를 몰다가 길목을 지켜 총으로 쏘는 것이었
다. 왜냐하면 여우는 자신의 굴이 있는 장소를 돌아서 가는 것

이 보통이었기 때문이다.

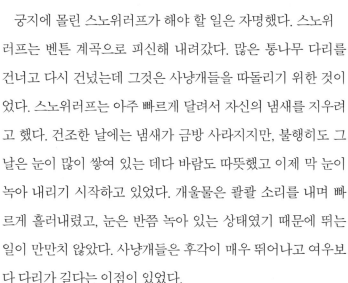

여우를 쫓고 있는 개들의 소리가 멀리서 들려오자 청년들은 가장 높은 곳으로 몰려간 후 그곳에서 사냥의 대열을 정비했다. 각자 가장 적합한 장소에 있다가 총을 쏘는 것이었다.

궁지에 몰린 스노위러프가 해야 할 일은 자명했다. 스노위러프는 벤튼 계곡으로 피신해 내려갔다. 많은 통나무 다리를 건너고 다시 건넜는데 그것은 사냥개들을 따돌리기 위한 것이었다. 스노위러프는 아주 빠르게 달려서 자신의 냄새를 지우려고 했다. 건조한 날에는 냄새가 금방 사라지지만, 불행히도 그날은 눈이 많이 쌓여 있는 데다 바람도 따뜻했고 이제 막 눈이 녹아 내리기 시작하고 있었다. 개울물은 콸콸 소리를 내며 빠르게 흘러내렸고, 눈은 반쯤 녹아 있는 상태였기 때문에 뛰는 일이 만만치 않았다. 사냥개들은 후각이 매우 뛰어나고 여우보다 다리가 길다는 이점이 있었다.

암여우는 처음보다 엄청나게 속도가 느려졌다. 지금까지는 사냥꾼들을 능숙하게 피할 수 있었지만 더 오래 버틸 수 없다는 것은 확실했다. 태양빛이 뜨거워지면서 눈은 점점 더 부드러워졌고 여우의 꼬리도 점점 내려갔다. 여우에게는 최대의 위험이자 시험대였다. 힘세고 용감한 여우는 추적 때 꼬리를 들고 달린다. 용기를 잃었을 때는 꼬리가 아래로 처지는 법이다.

축축한 눈을 달리면 꼬리는 점점 젖어서 무거워지고 그에 따라 점점 아래로 처지고 결국 질질 끄는 형국이 되어 커다란 부담이 된다. 강인한 정신을 가진 짐승들이 더 오래 사는 것처럼 정신력이 약하면 오래 버티지 못한다.

스노위러프는 용기를 잃은 적이 한 번도 없었지만, 눈은 너무나 축축한 데다 깊이 쌓여 있었고, 며칠이면 새끼를 낳을 참이어서 힘든 상황이었다. 힘이 떨어지면서 정신력도 약해진 것일까? 스노위러프는 좁고 긴 통나무 다리 위에서 개울을 건너다 발이 미끄러져 물속에 빠지고 말았다. 물론 스노위러프는 헤엄을 잘 치지 못한다. 게다가 물에 젖어 몸이 무거워져서 절대절명의 위기였다. 아무런 희망이 없어 보였다. 스노위러프는 다음 산등성이에 올라 절망적으로 울었다. 그러자 도미노가 날카롭게 짖는 소리가 들려왔다. 도미노는 마치 검은 독수리처럼 힘차고 용감하게 눈밭을 가로질러 오고 있었다.

스노위러프는 도미노에게 자신의 위험을 알릴 아무런 수단도 가지고 있지 않았다. 그러나 굳이 그럴 필요도 없었다. 도미노는 가장 고귀한 짝을 돕기 위해 발자국을 쫓아왔다가 스노위러프의 상태를 감지하고 사냥개들을 대적하러 나갔다. 이것이 자기 몸을 희생하는 것을 뜻하지는 않는다. 이것은 자신이 사

냥개들을 물리쳐 쫓아낼 수 있는 힘을 가지고 있다고 도미노가
자신하고 있었다는 것을 뜻한다. 스노위러프는 집으로 조용히
돌아왔다.

· 20 ·

강인한 정신력

　도미노가 800미터쯤 되돌아가자 사냥꾼들이 아주 가까이 따라붙었다. 그들은 300미터쯤 떨어져 있었는데 사냥꾼들이 빨리 달린 탓에 이제는 200미터로 줄었다. 도미노는 일부러 얼쩡거려 그들을 자기 짝의 발자국에서 멀리 떼어 놓았다. 사냥꾼들이 빨리 온 것인지 도미노가 가까이 간 것인지는 확실치 않지만, 어느 경우든 결과는 마찬가지이다. 150미터 거리에서 그들은 서로를 바라보았다. 사냥꾼들은 웅성거렸다. 그들은 추적을 중지하고 눈앞에서 총을 쏘았지만 녀석은 재빨리 사라졌다. 그러나 도미노의 냄새를 쫓아 있을 만한 곳을 이리저리 헤맸다. 강한 상대인 도미노의 뒤를 쫓다가 쉬운 상대였던 암여우의 발자국은 놓쳐 버렸다. 여우에게도 자연적인 본능이 있는 법이고, 이렇게 하는 것이 당연하다고 여겼다. 도미노는 천천히 달려 나갔다. 그들의 눈에 확실히 띄고 싶었던 것이다. 도미노는 자신의 모습을 다시 한 번 보여주었다. 이제 판세를 주도하는 쪽은 도미노였다. 도미노는 자신의 짝이 지나간 길에서 멀찌감치 떨어진 데로 사냥개들을 유인했다. 도미노는 확 트인 눈밭을 가로질러 갔다. 사냥꾼 가운데는 망원경을 가진 사람이 있었고 덕분에 그들은 은여우가 나타났다는 것을 알 수 있었다. 그들은 대단히 흥분했다. 청년들은 그 지역의 지리를 훤히 꿰고 있었다. 그들은 모든 길목을 막아섰다. 그러나 야생 동물을 사랑하는 무엇인가가 있다. 그 무엇의 이름은 정확하게 모르니 여기서는 일단 그냥 '천사'라고 해 두기로 하자. 멀리서 목소리를 가진 이 조용한 존재가 계속 도미노를 지켜 주고 있었다. 그러나 한 번은 어쩔 수 없이 위험에 빠졌다. 개들을 너무 가까이에서 지켜보느라 바람의 경고를 듣지 못했던 것이다. 잠시 후 총소리가 커다랗게 들렸다. 총알 한 방을 옆구리에 맞았는데 상처는 그리 깊지 않았다. 사냥꾼의 모습은 보이지 않았지만, 이제 도미노는 미리 염두에 두어야 할 것이 무엇인지를 정확히 알게 되었다.

도미노는 경계하는 데 전력을 기울였다. 도미노는 모든 신호를 읽어 냈고 여우의 수호자는 귀를 기울이는 자에게 온정을 베풀어 주었다.

도미노가 길을 선택하는 데에는 나름대로의 이유가 있었다. 그런데 살아가면서 단 한 번, 아무런 이유도 없이 그저 언덕 꼭대기로 올라가고 싶은 욕망이 생겼다. 4킬로미터쯤 간 후 도미노는 갑자기 몸을 돌려 들판을 가로질러 철로를 따라 두 배나 더 멀리 달려갔다. 선로 분기점을 지나 1킬로미터를 더 가자 많이 앞서 나가게 되었다. 오랫동안 흔적을 남긴 후에 도미노는 아무런 두려움 없이 집으로 향했다. 지치고 약간의 상처를 입기는 했지만 꼬리를 높이 쳐들었다. 힘든 싸움에 이겼으므로.

　도미노는 쇼밴 위쪽 지역의 들판을 가로질러 갔다. 배가 고파서 숲에 숨겨 두었던 먹이를 찾고 있었는데 어떤 소리가 들려왔다. 다시 가슴이 두근거렸다. 언덕을 돌아서자 사냥개들과 사냥꾼들이 보였다. 적어도 서른 마리는 되어 보였고 말을 탄 사람도 열 명이 넘었다. 떠들썩한 것으로 보아 그들은 도미노의 흔적을 발견하고 쫓아온 것이 틀림없었다. 그들은 추적에 성공한 것 같았다. 이런! 불공평한 일이었다.

　도미노는 지치고 배도 고팠다. 도미노는 오랫동안 추격을 받아서 발이 아팠다. 총에 맞은 상처도 쑤셨고 아무튼 휴식이 필요했다. 그러나 사냥꾼들은 최소한의 쉴 틈도 주지 않고 압박해 왔다. 그들은 총을 가지고 있지 않았다. 그들이 원했던 것은 '모피'가 아니라 '추격' 그 자체였다. 그런 속도로 달린 은여우를 누가 비난할 수 있겠는가? 그만큼이나 빨리 달릴 수 있는 여우를?

도미노는 이 언덕 부근은 길을 잘 몰랐다. 평소에 잘 오지 않는 곳이었기 때문이다. 도미노가 아는 언덕들은 1킬로미터쯤 떨어져 있었고 그곳에는 사냥꾼들이 총을 들고 요소요소 지키고 있었다. 게다가 새로 교대한 사냥개들도 있었다. 이것은 가장 힘든 경주가 되었다. 도미노의 영리함에 대한 시험이기도 했다. 그러나 무엇보다도 힘과 속도에 대한 시험이었다. 도미노는 몇 시간이고 계속해서 언덕을 뛰어다녔다. 그러나 작열하는 태양으로 인해 숲의 눈은 거의 다 질퍽거렸다. 모든 도랑이 눈처럼 차가운 물로 가득했다. 모든 시냇물이 다 차가웠다. 딱딱하던 얼음마다 웅덩이가 생겨서 다른 때 같으면 들어올리고 다녔을 꼬리가 물에 젖고 무거워져서 밑으로 처져 있었다. 도미노는 자신이 그들을 따돌릴 수 있다고 믿고 있었지만 친절한 밤이 도와주기를 빌었다. 도미노는 그 이유를 알고 있었을까? 확신하지는 못하지만, 밤이 되면 질척거리던 눈이 다시 얼어붙을 테고 그러면 도미노는 사냥개들보다 몇 시간은 더 앞서 달릴 수 있게 되는 것이다. 밤은 정말로 평화를 뜻했다.

도미노는 언덕 근처를 뛰어가고 있었다. 그러나 사냥개들 역시 지쳐 갔다. 반쯤 녹은 눈 때문에 사냥꾼들도 힘들었다. 이제 단 두 사람만이 남았다. 사냥개들의 주인과 키 크고 젊은 애브너 주크스였다. 그중 자신들이 사냥하고 있는 것이 골더의 은

여우라는 것을 아는 사람은 애브너뿐이었다.

그래도 모든 면에서 유리한 쪽은 이들이었다. 도미노는 갔던 길 되돌아오기 기술을 발휘할 기회를 잡을 수 없었다. 그저 곧장 달릴 뿐이었다. 그저 멀리 달아나는 것이 가장 현명한 일이었다. 도미노는 달리고 달리고 또 달려야 했다. 그러나 속도는 점점 느려졌다. 호흡이 가빠오고 한 번에 뛰는 거리도 짧아졌다. 그러나 계속해서 달려야만 했다. 한 농가를 지나고 다른 농가를 지났다. 그러고 나서 세 번째 농가의 문 앞에서 도미노는 바구니를 들고 있는 어린 소녀를 보았다. 도미노로 하여금 이 소녀에게 도움을 구할 생각을 하게 만든 것은 무엇이었을까? 가슴 깊숙한 곳에 있던 충동이 이 최후의 순간에 발현된 것은 왜일까? 골더의 여우는 갑자기 무슨 생각이 들었는지 그 소녀에게 다가가 발 앞에 엎드렸다. 그녀는 아무런 저항도 하지 않는 도미노를 잡아끌고 집으로 들어갔다. 그러고 나서 악마를 잡으려고 소리치는 사람들 앞에서 문을 닫았다. 집 주위로 사람들과 개들이 몰려왔다. 사냥꾼들이 왔고, 집주인인 농부도 왔다.

"그 여우는 우리 것이오. 우리 개들이 잡은 거니, 개들에게 권리가 있는 거요. 개들이 여기까지 여우를 몰고 왔으니까." 사냥꾼이 단언했다.

"여우는 우리 집 안에 있소. 그러니 지금은

125

내 것이오." 농부가 말했다. 그는 진흙이 잔뜩 묻어 있는 여우가 어떤 것이지를 몰랐다.

그러나 농부는 암탉을 잃어버린 적이 있었다. 상황은 쉽게 풀렸다. 여우의 털가죽은 망가져서 이제 더 이상 값어치가 없었다. 그래서 농부는 "여우를 가지고 가시오."라고 말했다.

"안 돼요. 그러면 안 돼요! 여우는 내 거예요." 소녀가 외쳤다. "얘는 내 친구예요. 오랫동안 알고 지낸 사이라고요. 얘를 죽이면 안 돼요."

농부는 마음이 약해졌다. "우리 페어플레이를 합시다." 사냥꾼이 말했다. "놈을 넘겨 주시면 먼저 온 만큼 앞세워 보내죠. 그런 다음에 쫓겠소." 그러자 농부도 더 이상 망설이지 않고 내보냈다. 그는 자기 집으로 피신한 짐승이 잡혀 간 것을 언젠가는 잊을 수도 있을 것이다. 그러나 소녀의 말이 귀에서 떠나지 않았다. "그러면 안 돼요. 얘는 내 친구예요. 아빠! 제발. 저 사람들은 여우를 죽이려고 해요. 아빠, 제발! 아빠!" 소녀의 아버지는 그런 아이의 소리에 오랫동안 바보처럼 망설일 사람이 아니었다.

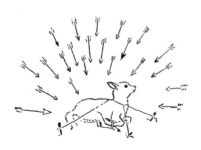

· 21 ·

강과 밤

그들은 여우를 놓아 주었고 300미터의 '법'을 충실히 지켰다. 그러나 그들이 말하는 '페어플레이'란 지친 여우 한 마리를 서른 마리의 힘센 사냥개들이 따라붙는 것이었다. 계곡은 개들이 짖는 소리로 온통 울렸다. 다시 도미노는 깊고 질척한 눈 위를 깡충깡충 뛰어서 잠깐 사이에 개들을 따돌리고 앞서 나갔다. 도미노는 벤튼 개울의 긴 계곡을 따라 내려와 산허리를 가로질렀다. 능선을 넘어 골더 언덕 기슭을 지나 한 농가 근처로 왔다. 뒤늦게 쫓아오기 시작한 사냥개 무리들이 보였다. 키 큰 사냥개의 낯익은 소리가 들려왔다. 후발로 따라온 이 개에게 잡히지 않을 가능성이 남아 있기라도 한 걸까? 살아남을 가능성은 단 하나밖에 없었다. 밤이 되면 눈이 얼 것이다. 그러나 저녁이 되자 산들바람이 오히려 부드러워졌다. 강은 하루 종일 계속해서 흐르고 있었고, 바람은 점점 더 따뜻해지고 있었다. 강물과 깨진 얼음 조각들이 넓은 계곡을 철철 넘치도록 채우고 있었다. 강은 넘실거리면서 서쪽으로 흘러갔다. 해는 저 너머 횡곡 쪽으로 저물어 가고 있었다. 눈이 부실 정도로 아름다운 모습이었다. 저물어 가는 해가 만들어내는 풍경은 정말로 아름다웠다. 그러나 사냥개들도 그들에게 쫓기는 도미노도 그런 장관을 지켜보기 위해 멈추지 않았다. 그들은 계속해서 달렸다. 사냥개들은 숨이 턱에 차 올라 휘청거렸다. 혀를 길게 내밀었고 눈도 빨갛게 충혈되어 있었다. 맨 앞에서 쫓아오는 개는 교대한 사냥개였다. 초대받지 않은 밉살스러운 놈이었다. 은여우는 여전히 앞서 달리고 있었다. 그 유명한 털은 진흙에 질질 끌렸고, 멋진 꼬리는 무게를 이기지 못하고 물 반 눈 반인 땅바닥에 축 처져 내렸고, 너무 빨리 달려 발바닥이 헐었는지 디디는 곳마다 피가 묻어났다. 이렇게 녹초가 된 적은 한 번도 없었다. 바위턱이 있는 오솔길로 가야 했다. 그러나 이 방향으로 가면 집이 나온다. 오랫동안 그 책임을 다해 왔던 본능이 말했다. "가지 마." 그러나 도미노는 집 쪽으로 난 길을 택했다. 불길한 일이었다. 이제 방법은 하나뿐이었다. 도미노는 남은 힘을 다 끄집어냈다. 도미노는 잠시 동안 이전의 속도를 되찾아 달렸다. 도미노가 이긴 것 같았지만

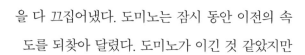

The Hunger Moon

교대한 사냥개가 계속 따라붙고 있었다. 사냥개는 커다랗게 으르렁거리며 접근해 왔다. 한번 들으면 결코 잊을 수 없는 소름 끼치는 소리였다. 징글맞게 거슬리는 그 소리는 헤클러였다. 그렇게 빨리 도망치는 사냥감을 누가 본 적이 있었겠는가? 길이 막히면서 강둑을 따라 후퇴할 수밖에 없었다. 도미노는 물로 뛰어들었고 태양은 여전히 작열하고 있었다. 희망이 사라졌다. 그러나 도미노는 계속해서 달렸다. 검은 여우는 죽을 것을 알면서도 목숨을 걸고 싸웠다. 도미노를 한 번 본 적이 있었던 그 키 크고 젊은 사냥꾼 애브너가 가까이 다가왔다. 그는 도미노의 힘이 다 빠지고 있다는 것을 알았다. 그의 눈에는 도미노의 움직임이 또렷하게 보였다.

빨갛게 금빛으로 빛나는 강은 떠내려 가는 얼음 조각들로 빛나고 있었다. 그동안 수도 없는 추격에서 그를 구해 주었던 강이 이제는 시뻘건 죽음의 그림자를 드리우는구나! 절체절명의 순간이었다! 서른 마리의 사냥개들이 그를 죽이려고 뒤쫓고 있었고 뛰는 게 점점 더 힘들어졌다. 오! 사시나무 골짜기의 강이시여, 최후를 맞을지도 모를 도미노의 흔적을 지켜 주세요. 울타리가 되어 적으로부터 보호해 주소서!

그러나 위대한 강은 조용히 흘러가기만 했다. 오! 이렇게 잔인할 수가! 게다가 밤도 빨리 찾아오지 않았다. 게다가 도미노가 달아나는 순간에도 승리감에 도취한 사냥꾼들의 소리가 마치 지옥의 소리라도 되는 양 귓전을 때렸다. 도미노는 완전히 녹초가 되었다. 자랑스러운 깃발인 꼬리를 들어올릴 힘도 이제는 없었다. 젖어서 질질 끌리는 무거운 꼬리는 속도를 올리는 데 방해만 될 뿐이었다. 그래도 도미노는 물가를 따라 계속해서 달려 나갔다. 도미노가 보이자 고무된 사냥개들이 큰 소리로 짖으며 미친 듯이 달려왔다. 꼬리를 질질 끌고 부상을 당한 채 강가를 달리는 짐승을 잡는 것은 쉬운 일이었다. 그러나 영광된 승리이기도 했다.

오! 아뿔싸! 강의 속임수도 쓸모가 없었다. 친구인 강이 도미노를 배반한 것이다. 사냥개들은 점점 더 가까이 오고 있었다. 헤클러가 쫓아와 마침내 도미노를 궁지로 몰아넣었다. 넓은 강이 한눈에 보이는 곳이었다. 넓은 들판에 사냥꾼들과 사냥개들이 점점이 흩어져 있었다. 헤클러와 도미노는 얼음 조각들이 가득 떠 있는 넓은 강으로 돌진했다. 둘 다 목숨이 걸린 일이었다. 여기서 마음이 약해지면 바로 지는 것이다. 마음을 굳게 먹어야만 이긴다. 헤클러가 짖는 소리를 듣고 사냥꾼들이 강가까지 분주하게 달려왔다. 이제 거리가 좁혀지고 있었다. 사시나무 둔덕 옆에 이르자 강은 더욱 빨리 흐르기 시작했다. 강에 하얀 얼음이 점점이 박혀 있는 것처럼 강가에도 하얀 사냥개들이 점점이 박혀 있었다. 하얀 점들은 함께 움직였다. 녀석들의 튼튼한 이빨은 먹이를 한 입에 물어챌 수 있을 것 같아 보였다. 얼음이 가까이 밀려왔다. 이제 거의 둔덕에 얼음이 닿을 듯이 보였다. 도미노는 뭔가 갑작스러운 결심이 선뜻 방향을 돌렸다. 오랜 친구인 강에서 죽느니 차라리 얼음으로 뛰어오르는 것이 낫겠다는 선택을 한 것이다. 얼음 위를 훌쩍 훌쩍 뛰어다니던 도미노는 결국 어느 한 얼음 위에서 최후의 도박을 걸고 멈추었다. 그러나 서 있던 얼음이 갈라지면서 강으로 떠내려갔다. 얼음들 사이의 간격이 점점 벌어졌다. 가장 먼 얼음 위에서 도미노는 몸을 구부리고 있었다. 마치 하얀 안장 위에 앉아 강물을 타고 내려가는 것처럼 보였다. 강변에선 사냥꾼들이 화가 나서 소리를 쳐댔다. 그리고 헤클러도 얼음 가장자리로 뛰어 올라 사냥감이 떠내려가는 모습을 보았다. 얼음 위에 있던 헤클러는 실망과 증오 때문에 다른 데는 신경도 쓰지 못했다. 강물은, 저항할 수 없이 냉정한 강물은 빠르게 흘러 소용돌이를 만들며 헤클러가 서 있는 얼음을 떠내려 보냈다. 그들은 이제 한 운명에 처해졌다. 쫓기는 여우와 쫓는 사냥개가 모두 저물어 가는 태양빛 아래서 계속해서 떠내려갔다. 강둑에서는 사냥꾼 무리와 그 풋내기 사냥꾼이 달리고 있었다.

사냥꾼 가운데 한 사람이 여우를 향해 총을 조준하자 풋내기 사냥꾼인 애브너가 달려들어 총을 빼앗아 내던지며 말렸다. 그

죽음의 경주에 오른 도미노

는 여우에게 힘내라고 말했다. 여우와 헤클러의 모습은 사라졌다. 사냥개들은 어쩔 줄 몰라 하며 우왕좌왕하고 있었다.

강이 구부러지는 곳에서 경주는 끝이 났다. 하니스 폭포가 시작되는 곳 앞에서 강폭은 더욱 넓어졌다. 그곳에서 그들은 서로를 바라보고 있었다. 청년들과 사냥개들은 보랏빛과 붉은 빛을 내며 저물어 가는 태양과 같은 색으로 물든 강을 바라보았다. 그리고 두 생명체가 올라타 있는 얼음들이 반짝이며 떠내려가는 모습도 보았다. 강에 안개가 짙어져 갔다. 태양은 더 멋진 황금빛을 내뿜으며 저물어 가고 있었다. 그 빛은 얼음과 강물 그리고 은여우를 황금빛으로 물들였다. 흐르는 강물과 노을진 하늘로 인해 그들은 더 이상 보이지 않게 되었다. 도미노는 적에 대한 무서움이 사라졌다. 죽음에 대한 공포로 떠는 사냥개가 짖어대는 소리가 밤바람에 실려 왔다.

"잘 가라, 오랜 친구여, 고통 없이 가거나." 사냥꾼이 말했다. 그의 목소리는 점점 거칠어져 갔다. "잘 가라! 은여우야, 너는 살아 있을 때처럼 죽을 때도 영웅처럼 죽는구나. 너희 둘 모두 무사하긴 바란다. 하지만 너희들은 죽고 말 거야. 잘 가라." 애브너는 더 이상 그들을 보지 않았다. 강가에 있던 사냥꾼들은 눈시울을 적셨다.

어둠이 드리우기 시작하자 사냥꾼들의 모습도 보이지 않게 되었다. 그러나 다른 눈들은 여전히 그곳에 남아 그 광경을 지켜보고 있었다. 물살은 경주의 막바지에서 더욱 맹렬해졌다. 이곳에서는 소용돌이 때문에 기슭 쪽의 얼음은 가운데로, 그리고 가운데의 얼음은 강기슭 쪽으로 밀려갔다. 헤클러는 바위로 뛰어오를 순간만을 기다리고 있었다. 그러나 기회는 도미노가 잡았다. 도미노는 온 힘을 다해 뛰어올랐다. 도미노는 어둡고 위험한 강물을 뛰어 넘는 데 성공했다. 도미노는 무사히 강기슭에 오를 수 있었다. 한때 친구였던 강은 역시 이번에도 도미노를 배반하지 않았다.

멀리서 사냥개가 죽음을 예견이라도 하듯이 슬프게 우는 소리가 길게 들려왔다. 사냥개의 모습은 안개 속으로 사라지더니 이젠 소리도 강물 소리에 묻혀 버렸다. 강은 이날의 비밀을 여전히 간직하고 있다.

장미의 달

그 후로 3년이 흘렀다. 축복 받은 달 6월, 숲에 '장미의 달'이 뜨는 계절이 찾아왔다. 강 위의 올라비 골짜기는 언제나 아름답지만 특히나 화창한 달에는 더욱 그러했다.

두 연인이 손을 잡고 이 기분 좋은 고요를 즐기며 걷고 있었다. 청교도의 피가 흐르는 것처럼 보이는 크고 각진 얼굴의 청년과 푸른 눈과 장밋빛 뺨의 소녀였다. 골더의 기억은 이 헤클러의 주인과 어린 소녀를 통해서 기억될 것이다. 그들은 해가 지는 산등성이에 앉아 해가 기우는 모습을 말없이 조용히 바라보았다. 그들은 최고의 시간을 가슴으로 느끼고 있었다. 그 시간은 가장 평화롭고 즐거운 시간이었다. 그런데 그들 사이로 그림자 하나가 나타났다.

The Rose Moon

어미 여우가 꽃이 만발한 언덕에 모습을 나타냈다. 비밀스러운 집에서 새끼들을 데리고 나온 것이다. 자기 자식들이 너무도 자랑스럽다는 듯 어미 여우는 눈처럼 하얀 목덜미를 부풀렸다. 다른 짐승이 또 하나 가까이 왔다. 녀석은 한순간 떠나려는 동작을 취하기도 했지만 이내 자기 짝에게로 다가왔다. 녀석은 갓 잡은 먹이를 떨어뜨려 놓고 똑바로 섰다. 은빛 여우였다.

청년은 뚫어지게 바라보았다. 그는 손을 꽉 잡고 소녀를 힐끗 쳐다보면서 말했다. "바로 그 여우야! 녀석이 이겼어. 녀석이 이겼다고. 죽은 줄 알았는데." 그리고 나서 녀석들은 자취를 감추었다.

그 순간 마치 승리를 축하라도 하듯이 물 사이로 한줄기 빛이 지나갔다. 그리고 나서 사방이 고요해졌다. 그 숨어 있던 한줄기 빛처럼 골짜기는 즐거움으로 가득 차 사시나무와 함께 옛날 사랑스러운 평화의 노래를 불렀다.

도미노의 가족사진

시튼의 발자취

1860년 8월 14일	· 영국 더럼 주 사우스실즈에서 명문가의 후손으로 태어나다.
1866년	· 아버지의 파산으로 온 가족이 캐나다 온타리오 주 린지로 이주하다.
1870년	· 토론토로 이주해 그곳에서 초등 교육을 받다. 미술에 두각을 나타내다.
1879년	· 화가가 되기를 원하는 아버지의 뜻에 따라 본격적으로 미술 교육을 받기 위해 영국 런던으로 가다.
1881년	· 건강 악화로 다시 캐나다로 돌아와 형들이 사는 매니토바 주로 가다. 이곳에서 이후 작품들의 무대가 된 카베리의 샌드힐 등을 쏘다니며 자연에 대한 이해의 폭을 넓히다. 이 시기에 아메리카 인디언들과 교류를 시작하다.
1883년	· 미국 뉴욕으로 가서 저명한 자연학자들을 많이 만나다.
1884년	· 프랑스 파리로 가서 미술 공부를 하다.
1885년	· 『센추리 백과사전』에 들어갈 동물들의 그림 1천 점을 그리다.
1886년	· 『매니토바의 포유류 목록』을 출간하다.
1892년	· 매니토바 주 정부의 자연학자로 임명되다.

1893년	· 미국 뉴멕시코 지역으로 사냥을 나감. 이때의 경험이 후에 〈커럼포의 왕, 로보〉로 태어나다.
1894년	· 〈커럼포의 왕, 로보〉가 미국 잡지 《스크라이브너》지에 실림. 이후 42권의 책과 수많은 글들이 발표되다.
1896년	· 미국 뉴욕 출신의 그레이스 갤러틴과 결혼하다.
1898년	· 야생 동물 이야기를 다룬 첫 번째 책인 『커럼포의 왕, 로보 : 내가 만난 야생 동물들』을 발표해 세계적인 명성을 얻다.
1899년	· 『샌드힐의 수사슴』을 출간하다.
1900년	· 『회색곰 왑의 삶』을 출간하다.
1901년	· 『위대한 산양 크래그 : 쫓기는 동물들의 생애』를 출간하다.
1902년	· 자연친화적인 단체 '우드크래프트 인디언 연맹'을 창설하다.
1904년	· 딸 앤 시튼이 태어나다.
1905년	· 『뒷골목 고양이 : 진정한 동물 영웅들』을 출간하다.
1906년	· 보이스카우트 운동에 본격적으로 참여하다.
1907년	· 캐나다 북부 지역을 카누로 여행하다.
1909년	· 『은여우 이야기』를 출간하다.
1910년	· 미국 보이스카우트 협회 창립위원회 의장이 되다. 첫 보이스카우트 매뉴얼을 쓰다.
1913년	· 『옐로스톤 공원의 동물 친구들 : 우리 곁의 야생 동물들』을 출간하다.
1916년	· 『구두 신은 야생 멧돼지 : 야생 동물들이 살아가는 법』을 출간하다.
1917년	· 수(Sioux) 인디언에게서 '검은 늑대'라는 이름을 얻다.

1927년	· 수 인디언, 푸에블로 인디언들과 함께 생활하다.
1930년	· 미국 뉴멕시코 주 샌타페이로 이주하여 미국 시민권 자가 되다. 시튼 인디언 연구소를 설립하다.
1934년	· 그레이스 갤러틴과 이혼하고 줄리아 모스 버트리와 재혼하다.
1937년	· 『표범을 사랑한 군인 : 역사에 남을 위대한 야생 동물 들』을 출간하다.
1940년	· 자서전 『야생의 순례자 시튼』을 출간하다.
1946년	· 미국 뉴멕시코 자택에서 생을 마치다.

시튼의 동물 이야기 6

은여우 이야기

1판 1쇄 찍음 2016년 2월 15일
1판 1쇄 펴냄 2016년 2월 25일

지은이 어니스트 톰슨 시튼
옮긴이 장석봉

주간 김현숙
편집 변효현, 김주희
디자인 이현정, 전미혜
영업 백국현, 도진호
관리 김옥연

펴낸곳 궁리출판 | **펴낸이** 이갑수

등록 1999년 3월 29일 제300-2004-162호
주소 10881 경기도 파주시 회동길 325-12
전화 031-955-9818 | **팩스** 031-955-9848
홈페이지 www.kungree.com | **전자우편** kungree@kungree.com
페이스북 /kungreepress | **트위터** @kungreepress

ⓒ 궁리 2016.

ISBN 978-89-5820-350-6   04840
ISBN 978-89-5820-354-4   (세트)

값 8,000원